Max Ernst Mayer

Das Verhältnis des Sigismund Beck zu Kant

Max Ernst Mayer

Das Verhältnis des Sigismund Beck zu Kant

ISBN/EAN: 9783743491595

Hergestellt in Europa, USA, Kanada, Australien, Japan

Cover: Foto ©Raphael Reischuk / pixelio.de

Manufactured and distributed by brebook publishing software
(www.brebook.com)

Max Ernst Mayer

Das Verhältnis des Sigismund Beck zu Kant

Das Verhältnis

des

Sigismund Beck

zu

Kant.

—✦—

Von

Dr. Max Ernst Mayer.

Heidelberg.

Carl Winter's Universitätsbuchhandlung.

1896.

Inhaltsverzeichnis.

Seite.

Einleitung. Die Hauptschriften Becks 1

Erster Teil. Die Entwicklungsgeschichte der Schriften Becks und das
Urteil Kants 3

I. Kants Wohlwollen für Beck und der Umschwung. Die Diffe-
renz zwischen beiden in der Definition der Anschauung . . 4

II. Kants Gleichgültigkeit gegen Beck 8

III. Kants völlige Entfremdung von Beck. Die Standpunktslehre 10

   a) Die Entstehung der Standpunktslehre 11

   b) Kants endgültige Ablehnung der Standpunktslehre . 15

IV. Abschluß und Rückblick 19

Zweiter Teil. Darstellung und Beurteilung der Lehre Becks 24

I. Die Probleme der nachkantischen Philosophie. Das richtige
Verständnis Kants 24

II. Darstellung der Lehre Becks 32

   a) Der unmögliche Standpunkt zur Erklärung der Erkenntnis 32

   b) Der einzig mögliche Standpunkt zur Erklärung der
Erkenntnis 37

III. Beurteilung der Lehre Becks 44

Schluß. Die Bedeutung Becks 49

※

Einleitung.

Die Hauptschriften Becks.

Zwei philosophische Schriften, die nur noch wenigen Fachleuten bekannt sind, feiern in diesem Jahr ihr hundertjähriges Bestehen. Wenn sie auch keinen Anspruch auf eine Gedächtnisfeier, wie sie bei anderen Anlässen die wissenschaftliche Welt begeht, erheben können, so verdienen sie doch schon deswegen eine gewisse Beachtung, weil sie auf das Anraten unseres größten deutschen Philosophen, auf Anraten Kants, geschrieben wurden. Es sind die beiden Hauptschriften von Jakob Sigismund Beck, die im Jahre 1796 erschienen sind. Die eine führt den Titel „Einzig möglicher Standpunkt, aus welchem die kritische Philosophie beurteilt werden muß" und ist als dritter Band des Werkes „Erläuternder Auszug aus den kritischen Schriften des Herrn Prof. Kant auf Anraten desselben" erschienen[1]; die andere, die den gleichen Inhalt in neuer Darstellung giebt, ist „Grundriß der kritischen Philosophie"[2] betitelt; sie ist, wie Beck in der Vorrede[3] sagt, lediglich aus der Absicht entstanden, seinen Zuhörern einen Leitfaden zum Ge= brauch für seine Vorlesungen zu geben. Es muß auf den ersten Blick befremden, daß diese Schriften Becks so schnell vergessen worden sind, daß Becks Name zu gar keiner Berühmtheit gelangt ist. Man sollte doch meinen, daß ein Kommentar zu Kants kritischen Schriften, der schon dadurch, daß er auf Anraten des Philosophen geschrieben ist, weit über die gleichen Versuche von Kiesewetter, Snell u. a. gestellt ist, mehr Beachtung bei der Nachwelt gefunden hätte. Unter den Zeit=

---

[1] Riga bei Johann Friedrich Hartknoch, erster Band 1793, zweiter 1794, dritter 1796.

[2] Halle in der Rengerschen Buchhandlung 1796.

[3] pag. IV.

genoffen erwarb sich das Werk auch kein großes Publikum; die größte
Anerkennung fand es vielleicht in England[1], wo es für die Aus=
breitung und das Verständnis der kritischen Philosophie Bedeutendes
geleistet hat. Es liegt nahe zu glauben, daß die Schriften Becks
große Schattenseiten aufweisen. In der That läßt auch ihre formale
Ausführung sehr viel zu wünschen übrig. Durchaus richtig sagt
Erich Adickes: daß Beck seine Zeitgenossen so wenig beschäftigt habe,
liege zum großen Teil „an dem abschweifenden Stil seiner früheren
Werke[2], welche alle Schwächen Kants in übertriebener Form zeigen,
und besonders an der häufig wiederholten Entwicklung desselben
Gedankengangs ohne Angabe, daß hier eine Wiederholung vorliege,
was das Fortschreiten der Gedanken so unangenehm unterbricht und
das Verständnis der Beweisführung so erschwert."[3] Auch Johann
Eduard Erdmann spricht von der ungelenken Art des Vortrags,
„welche das Verständnis von Ansichten, die ohnedies nicht leicht zu
fassen sind, sehr erschwert. Es wird dadurch nicht erleichtert, daß er
seine Hauptgedanken oft wiederholt, denn sie wiederholen sich fast
immer mit denselben Worten, wenigstens immer in derselben schwül=
stigen Weise."[4] Es ist dies gewiß ein großer Übelstand; aus ihm
allein aber ist nicht einzusehen, warum Beck nicht mehr gewürdigt
wurde. Der Grund liegt tiefer.

Den Wert eines Kommentars bestimmt man durch eine Ver=
gleichung mit dem Werk, das er erläutert. Wollen wir Becks Be=
deutung für die Philosophie, seine Stellung innerhalb ihrer Geschichte
feststellen, so kann dies nur geschehen durch eine Betrachtung seines
Verhältnisses zu Kant, denn nur als Kommentator Kants ist er über=
haupt bekannt geworden. Hat Sigismund Beck Kant richtig ver=
standen? das ist die Frage, die im Vordergrund aller Forschung stehen
muß, die Beck zum Gegenstand hat, das ist die Frage, die wir uns
darum zur Beantwortung vorlegen, so im kleinen eine hundertjährige
Gedächtnisfeier der Beckschen Hauptschriften begehend.

---

[1] Richardson übersetzte den erläuternden Auszug gleich nach seinem Er=
scheinen unter dem Titel: The principles of critical philosophie ins Englische.

[2] Auszug und Grundriß sind Becks frühste Werke.

[3] German Kantian Bibliographie by Dr. Erich Adickes Reprint from
«The philosophical Review», Volum III, Number 3, p. 328.

[4] Johann Eduard Erdmann: Die Entwicklung der deutschen Spekulation
seit Kant. Erster Teil, p. 539.

Philosophen, die fruchtbare, die ihm seinen, wenn auch bescheidenen, Platz in der Geschichte der Philosophie gesichert hat.

I. Kants Wohlwollen für Beck und der Umschwung. Die Differenz zwischen beiden in der Definition der Anschauung.

Jakob Sigismund Beck, der am 6. August 1761 in Lissau bei Danzig[1] geboren ist, studierte in Königsberg Mathematik und Philosophie und gehörte zu Kants eifrigsten Schülern. Von 1789 an, wo er Königsberg schon verlassen hatte, können wir an der Hand eines reichen biographischen Materials[2] seine Schicksale genau über= blicken. Wir sehen zunächst den jungen Gelehrten, der bemüht ist, eine Stellung zu finden. Er war zuerst nach Halle gegangen, hatte dann den Sommer 1789 in Leipzig verbracht, wo ihm Kant eine Empfehlung an den Professor der Philosophie Friedr. Gottl. Born (der später Kants Hauptwerke in das Lateinische übersetzte) gegeben hatte, siedelte dann nach Berlin über, sich überall vergebens nach einer Hof= meisterstelle oder anderer angemessener Beschäftigung umsehend. Dies und ein sehr abfälliges Urteil über die Professoren der Philosophie in Leipzig erfahren wir aus dem ersten Brief von Beck an Kant, der aus Berlin datiert ist. Der nächste Brief ist aus Halle, wo sich Beck am 16. April 1791 für Mathematik habilitiert hatte. Er erzählt darin, daß seine äußeren Verhältnisse sich zu bessern beginnen, indem der Geheime Rat von Hofmann auf Kants Empfehlung hin sich seiner angenommen und der Prof. Jakob ihm eine Stelle am Gymnasium verschafft habe. Mit diesem Brief schickt der junge Dozent seine Dissertation[3] an Kant, der in der Antwort seinem Schüler ein großes

---

[1] So geben an Erdmann, Deutsche Spekulation I, p. 537; Kuno Fischer, Geschichte der neuern Philosophie, Bd. V, 2. Aufl., p. 201.

[2] Rudolf Reicke gab 1885 als Anhang zu einem in der Kant=Gesellschaft zu Königsberg gehaltenen Vortrag „Aus Kants Briefwechsel" 17 Briefe von Beck an Kant (die Originale der 15 ersten sind auf der Dorpater, die der beiden letzten auf der Königsberger Bibliothek) und einen Brief von Kant an Beck (aus dem Besitz von Prof. Erdmann in Halle) heraus. Eine unschätzbare Ergänzung zu diesen Briefen geben die 8 Briefe von Kant an Beck, die Prof. Dilthey unter den Rostocker Kant=Handschriften aufgefunden und im Archiv für Geschichte der Philosophie, II. Band, 4. Heft, 1889 herausgegeben hat.

[3] De theoremate Tayloriano, sive de lege generali, secundum quam functiones mutentur, mutatis a quibus pendeant variabilibus. Diss. pro licentia (16. April 1791). Halae.

Lob ausspricht: „Aus den Ihrer Dissertation angehängten thesibus sehe ich, daß Sie meine Begriffe weit richtiger aufgefaßt haben als viele andere, die mir sonst Beifall geben".[1] Und in dem zweiten Brief bereits schreibt der Königsberger Philosoph, Hartknoch, der bekannte Verleger, wolle einen Auszug aus den kritischen Schriften angefertigt haben, und er habe ihn dafür empfohlen, denn er wisse „keinen dazu geschickteren und zuverlässigeren".[2] Kant überredet Beck förmlich, die Arbeit zu übernehmen: Die bloße Mathematik könne die Seele eines denkenden Mannes nicht ausfüllen, und sicher werde er in der Be=schäftigung mit den kritischen Schriften Erholung und Unterhaltung finden.[3] In ähnlich aufmunternder Weise und erfüllt vom wärmsten Interesse für Beck ist auch der nächste Brief, der ebenfalls noch in das Jahr 1791 fällt, so daß wir durchaus die Überzeugung gewinnen, daß Kant in Beck einen seiner liebsten und fähigsten Schüler sieht und voller Vertrauen lebhaft wünscht, kein anderer solle den Auszug anfertigen. Beck seinerseits ist voller Verehrung und Bewunderung für seinen großen Gönner. „Die Kritik d. r. V. habe ich mit dem herzlichsten Interesse studiert, und ich bin von ihr wie von mathe=matischen Sätzen überzeugt. Die Kritik der praktischen Vernunft ist seit ihrer Erscheinung meine Bibel."[4] Er hatte durch Kants Empfehlung von Hartknoch eine direkte Anfrage wegen des Auszugs erhalten, hatte aber sofort abgelehnt, weil Hartknoch einen lateinischen wollte, wozu er sich unfähig fühlte. Als nun aber Kant selbst ihn um diese Arbeit so warm bat und ihm auch schrieb, er solle sich nur der deutschen Sprache bedienen, „an die lateinische Übersetzung kann, wenn Ihr Werk im Deutschen herausgekommen wäre, immer noch gedacht werden[5]", da ist Beck gern bereit und sagt seinem Lehrer am 8. Oktober zu, die Zeit der Ausführung einstweilen noch nicht näher angebend. Doch schon einen Monat später teilt er Kant mit, er wolle seine augenblicklichen Arbeiten, von denen die eine die Prüfung der Rein=holdschen Theorie, die andere eine Vergleichung der Lehre Humes mit der Kants zum Gegenstand hatte, aufgeben und gleich die weit interessantere Arbeit, den Auszug aus den kritischen Schriften in An=

---

[1] Dilthey, Rostocker Kant=Handschriften ꝛc., p. 612.

[2] Ebendaselbst, p. 615.

[3] Ebendaselbst, p. 615.

[4] Rudolf Reicke, aus Kants Briefwechsel, Brief vom 6.—8. Okt. 1791, p. 28.

[5] Dilthey, p. 617.

griff nehmen. „Mit dem mir möglichen Fleiß", fährt er fort,
„will ich arbeiten und werde, bester Herr Profeſſor, da Sie es mir
ja erlauben, Ihnen das ſchreiben, was ich noch nicht tief genug bis
zur eigenen Beruhigung einſehe."[1]
Und nun macht Beck gleich von dieſer Erlaubnis Gebrauch. Er
iſt mit der Definition der Anſchauung in der Kritik der reinen Ver=
nunft nicht einig; dieſelbe beſtimmt gleich anfangs die Anſchauung
als eine Vorſtellung, die ſich unmittelbar auf ein Objekt bezieht. Nun
wird aber eine Vorſtellung doch erſt objektiv, wenn ſie unter die
Kategorien ſubſummiert iſt. Die Beſtimmung alſo, daß die Anſchauung
eine auf ein Objekt ſich unmittelbar beziehende Vorſtellung iſt, kann
— ſo richtig ſie an und für ſich ſein mag — nicht angeführt werden,
ſolange noch nicht von den Anſchauungsformen, ſolange nicht von
den Kategorien geſprochen iſt, indem der Begriff des Objekts noch gar
nicht eingeführt und beſtimmt iſt. Aus dieſem Grund will Beck die
Anſchauung lieber als eine Vorſtellung definieren, die in Anſehung
eines Mannigfaltigen durchgängig beſtimmt iſt. Und ganz ebenſo will
er den Begriff nicht wie Kant eine Vorſtellung nennen, die ſich un=
mittelbar auf ein Objekt bezieht, ſondern eine Vorſtellung, die — im
Gegenſatz zur Anſchauung — nicht durchgängig beſtimmt iſt. Dies
führt Beck aus in dem Brief vom 11. November 1791 und offenbar
auch in einem vom 9. Dezember 1791, der aber bis jetzt nicht auf=
gefunden iſt. Und wie beantwortet nun Kant dieſe zweifellos ſehr
berechtigten Anfragen ſeines Schülers? Nach allem, was wir von dem
Verhältnis zwiſchen beiden Männern wiſſen, erwarten wir eine ein=
gehende, gründliche Antwort. Weit gefehlt! Zunächſt antwortet Kant
gar nicht, weder auf den Brief vom 11. November, noch auf den vom
9. Dezember. Erſt am 20. Januar des nächſten Jahres (1792)
ſchreibt er wieder an Beck. Er entſchuldigt ſich zwar mit ſeinem Alter,
mit „zufälligen Hinderniſſen", die die lange Zögerung verurſacht hätten,
aber auch jetzt findet er nur Muße zu einem „in Eile abgefaßten
Entwurf". Man merkt dieſem Entwurf in der That die Eile und
einen gewiſſen Mißmut deutlich an. Kant ſpricht zwar von dieſem
und jenem, was Bezug hat auf die kritiſche Philoſophie — nebenbei
geſagt in Sätzen, deren Konſtruktion zu entziffern, an und für ſich
eine ſchwierige Arbeit iſt —, aber eine klare Antwort auf die klar

---

[1] Reicke, p. 29.

gestellte Frage findet sich nirgends. Er geht auf den Gedankengang Becks gar nicht ein, so daß dieser schlechthin aus dem Brief nichts entnehmen konnte. Beck legt darum nochmals (Brief vom 31. Mai 1792) seinem Lehrer dieselbe Frage vor, gründlichst auf sie eingehend: die empirische Anschauung erhält erst durch die Subsumtion unter die Kategorien Objektivität. Nur die synthetisch verknüpfte Anschauung ist Gegenstand. Man kann also Anschauung nicht durch das Merk= mal des Objektiven zu Anfang der Kritik, wo dasselbe noch nicht ein= geführt ist, bestimmen. Und wie antwortet Kant diesmal? Er be= müht sich entschieden, auf Becks Gedankengang einzugehen; trotzdem aber ist sein Bescheid hinsichtlich des Punktes, auf den es ankommt, vollständig unzulänglich. Er schreibt: „Was Sie von Ihrer Definition der Anschauung: sie sei eine durchgängig bestimmte Vorstellung in An= sehung eines gegebenen Mannigfaltigen, sagen, dagegen hätte ich nichts weiter zu erinnern, als: daß die durchgängige Bestimmung hier objektiv und nicht als im Subjekt befindlich verstanden werden müsse"[1]; also gerade das, was Beck durch seine Definition vermieden haben wollte, bringt Kant wieder herein: die Beziehung auf das Objekt. Wir können uns dies eben nur aus jener Schwäche des gealterten Kant erklären, der kein Wort, das vom seinigen abweicht, anzuerkennen vermag. Auch hier ist Becks Definition unter dem Schein der Anerkennung auf die alte in der Kritik zurückgeführt. Kant wollte einen Auszug, weiter nichts, jedes Mehr war ihm unsympathisch. So lange Beck der Kommentator war, der jede Silbe des Meisters anerkennt, genoß er Kants Vertrauen und Freundschaft im vollsten Maße, mit jedem Schritt, der eine Abweichung von Kants Buchstaben bedeutete, verlor er ein Stück dieser Neigung. Nur auf diese Art können wir uns den Umschwung in Kants Verhältnis zu Beck erklären. Beck aber ist nach wie vor ganz Verehrung für den Königsberger Philosophen; der Ton seiner Briefe ist warm, herzlich und ehrfürchtig; kein bittres Wort über Kants geringe Freundschaftlichkeit kommt aus seiner Feder. Nur eines schreibt er, als er am 8. September das Manuskript des ersten Bandes (bis zur transcendentalen Dialektik) nach Königsberg schickte: „Was die Schwierigkeiten betrifft, die mich bisweilen quälten, und die ich zum Teil Ihnen vorgelegt habe, so habe ich großenteils und nach und nach aus eigenem fundo sie mir selbst gehoben".[2] Damit ist die Sache

---

[1] Dilthey, p. 628.
[2] Reicke, p. 35. .

abgethan. Vielleicht aber keimte schon damals in Beck der Gedanke: die Kritik wird verständlicher bei veränderter Methode.

Wir haben diese ganze Frage hier und nicht etwa bei der Dar= stellung der Lehre Becks behandelt, weil sie, um Kants Urteil über Beck zu würdigen, wie wir sehen, sehr wichtig, für Becks Lehre nahezu ganz bedeutungslos ist. Es ist lediglich eine Frage der Terminologie, die das Wesen der Sache ganz unberührt läßt. Was Anschauung ist, darüber war Beck mit der Kritik ganz einig. Die Definition allein machte ihm Schwierigkeiten, weil er die Kantsche Anordnung des Stoffs und eine genaue Terminologie zu vereinigen strebte. „Er sah es als seine Pflicht als Kommentator an, sich eng an Kants systematische Rahmenarbeit anzuschließen. In den Grenzen, die er sich so setzte, war er vor allem bestrebt, eine terminologisch exakte und logisch entwickelte Darlegung ohne Widerspruch in ihrem Inhalte zu geben. Dieses Bestreben veranlaßte ihn im Anfang seines Werkes (in der Einleitung zur Ästhetik) Begriff und Anschauung anders zu definieren als Kant."[1]

II. Kants Gleichgültigkeit gegen Beck.

In dem Brief (8. Septbr. 1792), der das Manuskript des ersten Teiles nach Königsberg begleitete, hatte Beck besonders um Durchsicht der Darstellung der transscendentalen Deduktion der Kategorien gebeten. Bis zum 15. Oktober hatte Kant noch keine Zeit gefunden, dieser dringenden Bitte zu willfahren und schickte das Manuskript ungelesen zurück. Da er dann aber merkte, daß es wegen des Drucks noch nicht nötig gewesen wäre, erbittet er sich die Blätter nochmals von Beck, der sie abschreiben läßt und wieder an Kant schickt. „An der Dar= stellung der Deduktion der Kategorien ist mir vorzüglich gelegen und eine Musterung derselben von Ihnen, lieber Lehrer, würde mir die wünschenswerteste Sache sein."[2] So schreibt Beck nochmals, und jetzt entschließt sich Kant zu dieser Gefälligkeit, antwortet aber erst in den allerletzten Tagen, indem er -- einige unbedeutende Einzelheiten aus= genommen -- Beck sein Einverständnis in Bausch und Bogen mit= teilt. Diese ganze Art zeigt deutlich, daß Beck und sein Auszug dem Philosophen in Königsberg ganz gleichgültig geworden sind; von den

---

[1] Adickes, Bibliographie III, 3, p. 324.
[2] Reicke, p. 43.

liebevollen Ermunterungen der erſten Zeit iſt keine Spur mehr vor=
handen.

Fünf Monate ſpäter — am 30. April 1793 — kann Beck an
Kant ſchreiben: „Ich bin mit dem Druck des erſten Bandes meines
Auszugs fertig, und ich werde das Vergnügen haben, Ihnen ein Exem=
plar mit den nach Königsberg gehenden Meßwaren zu überſchicken".[1]
In dieſem wie im vorigen Brief beſpricht er die Frage, ob er in der
Anzeige und im Titel des Buchs auf Kants Wiſſen um dasſelbe hin=
weiſen dürfe. Im Brief vom 10. November 1792 hatte er Kant
gebeten, ihm „die Worte anzugeben, die auf Sie Beziehung haben
ſollen".[2] Kant hatte auch dieſe ſo beſcheidene Bitte nicht erfüllt und
auf dieſe Art abermals gezeigt, wie wenig Anteil er an der ganzen
Schrift nahm. Er ſcheint aber Hartknoch mündlich zugeſtanden zu
haben, daß er irgendwie im Titel des Buchs erwähnt werde. Durch
ihn erfuhr es Beck und ſchreibt nun (am 30. April 1793): „Das
Wort: mit Ihrer Bewilligung, ſchien mir bedeutungsleer; das aber
mit Ihrer Billigung, wäre nicht allein widerrechtlich geweſen, ſondern
ich hätte Sie auch damit kompromittieren können. Ich habe auf das
Titelblatt geſetzt: Auf Ihr Anraten."[3] Auf dieſe Art glaubte er
nicht zu wenig und nicht zu viel zu ſagen und auf Kants Einverſtänd=
nis hoffen zu dürfen.

Zugleich erfahren wir, daß die Arbeiten zum zweiten Band rüſtig
fortſchreiten; der erſte Band enthielt den Auszug aus der Kritik der
reinen und der praktiſchen Vernunft; in dem zweiten wurden nun die
Kritik der Urteilskraft und die metaphyſiſchen Anfangsgründe zur
Naturwiſſenſchaft in gleicher Weiſe behandelt. Es ſei gleich hier ge=
ſagt, daß dieſe Schriften nicht mehr ſind, als was ihr Titel ſagt:
erläuternde Auszüge. In engem Anſchluß an Kants Syſtematik und
Terminologie ſtellen ſie die kritiſche Lehre dar. — Auch das Manu=
ſkript des zweiten Bandes geht an Kant ab, wieder mit der Bitte,
es durchzuſehen, und wieder kommt ein Brief aus Königsberg, ohne
daß die Gefälligkeit geleiſtet iſt. Wie ſchon öfters, dient das Alter
zur Entſchuldigung[4]; ſie allein hat ja auch volle Berechtigung. Einiger=
maßen freundlicher zeigte ſich Kant durch die Erfüllung eines im De=

---

[1] Reicke, p. 45.
[2] Ebendaſelbſt, p. 45.
[3] Ebendaſelbſt dieſelbe Seite.
[4] Vgl. Dilthey, p. 637.

zember 1792 gegebenen Versprechens; er sandte nämlich an Beck eine
Abhandlung, die er ursprünglich als Einleitung zur Kritik der Urteils=
kraft abgefaßt, aber dann als zu weitläufig verworfen hatte; Beck
sollte sie nach Gutdünken benutzen. Er that dies und veröffentlichte
im zweiten Band seines Werkes[1] einen Auszug aus ihr. Aber diese
kleine Freundlichkeit verwischt nicht unsern Gesamteindruck, der dahin
geht, daß Kant während des Jahres 1793 gegen Beck ganz gleichgültig
war. Wer daran zweifelt, werfe noch einen Blick auf Becks Briefe,
die nach wie vor so voller Verehrung und Bewunderung für Kant
und die kritische Philosophie sind[2], daß die Antworten desselben, wäre
er wie früher Gönner und Freund, ganz anders hätten lauten müssen.

III. Kants völlige Entfremdung von Beck. Die Standpunktslehre.

Der letzte Brief Kants, den wir besprochen haben, war vom
18. August 1793. Mit Ausnahme der wenigen Zeilen vom 19. No=
vember 1796[3], die weiter nichts als einen formellen Dank für die Über=
sendung der Bücher enthielten, und eines leider verloren gegangenen
Briefes aus der ersten Hälfte des Jahres 1797 (auf den wir noch zu
sprechen kommen werden) schrieb Kant nicht mehr an Beck. Und doch
wäre noch so oft Gelegenheit dazu gewesen, da Beck fortfährt, all seine
Pläne, alle Fortschritte in der Arbeit dem früheren Lehrer mitzuteilen,
um seinen Rat, um seine Ansicht über dies oder das inständig bittend.
Nachdem der Auszug bis zu den metaphysischen Anfangsgründen vor=
geschritten ist, bei deren Darstellung Beck anfangs im Begriff der
Materie Schwierigkeiten findet, ersucht er Kant um Aufklärung: „Ich
bitte Sie, teurer Lehrer, auf die inständigste Weise mich hierüber zu
belehren. Ihnen einige Beschwerde zu machen, ist mir sehr unan=
genehm; aber da ich mir hierin wirklich nicht recht helfen kann, so
muß ich meinen Wunsch gestehen, daß Sie sich entschließen möchten,
mir hierauf bald zu antworten."[4] Weder bald noch später trifft aus

---

[1] Erläuternder Auszug II, p. 543—590, vgl. auch die Vorrede zu diesem
Band. — Diese Abhandlung ist wie die Briefe Kants an Beck nach dem Tode
des letzteren an Prof. Francke und von diesem an die Rostocker Bibliothek über=
gegangen. Sie ist unter dem Titel „Über Philosophie überhaupt" in dem ersten
Band der Kant-Ausgabe von Rosenkranz und Schubert abgedruckt; vgl. Dilthey,
p. 593 und p. 636, die Erklärung Becks.

[2] Siehe besonders Reicke, p. 46.

[3] Ebendaselbst, p. 57.

[4] Ebendaselbst, p. 49.

Königsberg eine Zeile ein. So sehen wir wohl mit gutem Recht in dem eisigen Schweigen Kants eine völlige Abwendung von seinem früheren Schüler und dessen Bestrebungen. Das folgende, die Ent= stehungsgeschichte der Standpunktslehre, wird uns zugleich eine Er= klärung dieses Verhaltens ermöglichen.

a) Die Entstehung der Standpunktslehre.

„Ich bin auf die Idee zu einer Schrift gestoßen"[1], so schreibt Beck ganz unerwartet am 17. Juni 1794.[2] Ja, er ist sich schon ganz klar über das, was er will, und setzt Kant seinen Plan im selben Brief genau auseinander. Die Kritik führe ihren Leser nur allmählich zum höchsten Punkt der Transscendentalphilosophie, zur synthetischen Einheit des Bewußtseins, dem Punkte, von dem aus erst das Verständnis der ganzen kritischen Philosophie möglich ist. Die wenigsten Leser vermögen sich nun bis zu diesem höchsten Punkt durchzuarbeiten. „Ich habe mir daher vorgenommen — fährt er fort —, diese Sache, wahr= lich doch die Hauptsache der ganzen Kritik, recht zu betreiben, und arbeite an einem Aufsatz, worin ich die Methode der Kritik umwende. Ich fange von dem Postulat der ursprünglichen Beilegung[3] an, stelle diese Handlung in den Kategorien dar, suche meinen Leser in die Handlung selbst zu versetzen, in welcher sich diese Beilegung an dem Stoffe der Zeitvorstellung ursprünglich offenbart."[4] Diese Umkehrung ist also nicht in dem Sinn, wie die Prolegomena die Kritik der reinen Vernunft umkehren; es wird nicht statt der synthetischen die analytische Methode angewandt, sondern es wird zum Ausgangspunkt gemacht, was in der Kritik im Mittelpunkt steht: das ist die synthetische Ein= heit des Bewußtseins.[5]

Was will also Beck? Was ist die erste Veranlassung zu jener Schrift? Er will die Methode Kants umkehren, um das Verständnis der Kritik zu erleichtern. Dieser Punkt ist uns von großer Wichtigkeit, denn es leuchtet aus ihm ein, daß Beck auch in dieser neuen Schrift

---

[1] Ebendaselbst, p. 53. Die Briefe vom 17. Juni und 16. Sept. 1794 sind bei Reicke verstellt.

[2] Die Vorrede zum zweiten Band des Erl. Auszuges vom 3. April 1794 enthält nur eine Andeutung der neuen Ideen.

[3] Die ursprüngliche Beilegung ist nach Kantscher Terminologie „Erzeugung der synthetischen Einheit des Bewußtseins"; siehe diese Schrift, p. 37.

[4] Reicke, p. 55.

[5] Vgl. hierzu Beck, Grundriß, Vorrede, p. VIII—XVI.

nichts anderes als der Kommentator der kritischen Philosophie sein will, daß also seine ganze Bedeutung nur an der Frage zu messen ist: hat er Kant richtig verstanden. Man könnte geneigt sein, hier einzuwerfen, diese ganze Frage ist nichtig: Wenn die Änderungen nur die Methode, nicht die Prinzipien betreffen, die Lehre also ganz unberührt lassen, so ist es ganz bedeutungslos, ob dieselbe richtig verstanden wurde; es ist ja doch nur eine Wiedergabe des gleichen Inhalts in neuer Form; dagegen ist geltend zu machen, daß eine Änderung der Methode viel= mehr für alle Fälle eine gründliche Vertrautheit und eine bis ins Einzelne gehende Kenntnis der Lehre voraussetzt; dann aber ist immer noch zweierlei möglich: wenn diese Kenntnis der Lehre auf einer falschen Auffassung der Prinzipien beruht, so wird die Darstellung derselben bei geänderter Methode vollständig falsch werden, anderer= seits aber wird die methodisch neue Wiedergabe einer Philosophie, wenn sie richtig ausfällt, ein Beweis für das richtige Verständnis der ganzen Lehre sein. So ist denn nicht unsere Frage nichtig, sondern der Einwurf. Das Gegenteil von dem, was er behauptet, ist wahr: Man kann keine Philosophie in eine andere Methode bringen, ohne sie durchdrungen zu haben; die richtige Darstellung bei veränderter Methode ist sogar ein Kriterium für die Tiefe und Sicherheit des richtigen Verständnisses.

Aber vielleicht war unser Einwurf voreilig, vielleicht will Beck noch weit mehr unternehmen als eine Umkehrung der Methode, viel= leicht war dies nur der Ausgangspunkt? Ein Vierteljahr nach dieser ersten Erwähnung des Planes kommt Beck in einem Briefe (vom 16. Septbr. 1794) an Kant, den er bei Gelegenheit der Übersendung des nunmehr im Druck erschienenen zweiten Bandes seines Kommentars schrieb, auf die Sache zurück. Ganz ähnlich wie das erste Mal ent= wickelt er wieder seine Idee; doch ist er über die Ausführung schon viel mehr im Klaren. „Ich will zeigen, wie nicht allein alle Miß= verständnisse der Kritik, sondern auch alle Verirrungen der Vernunft überhaupt ihre Quelle darin haben, daß man eine Verbindung zwischen der Vorstellung und ihrem Gegenstand annimmt, die selbst nichts ist."[1]

Der Zweck seiner Schrift ist also derselbe geblieben. Es soll das richtige Verständnis der kritischen Philosophie befördert werden. Und

---

[1] Reicke, p. 52.

dies soll erreicht werden durch eine Umkehrung der Methode, weil auf
diese Weise der transscendentale Standpunkt mit größerem Nachdruck
als der richtige und einzig mögliche erscheint. Also diese Idee ist
unverändert geblieben. Nur eins ist dazu gekommen; es soll auch der
Grund aller Verirrungen der Vernunft und aller Mißverständnisse
der Kritik aufgedeckt werden, d. h. zu dem positiven Teil soll noch
ein negativer kommen: es soll nicht nur der Weg zum richtigen Ver=
ständnis der Kritik gezeigt, sondern auch vor den Abwegen gewarnt
werden. Dabei muß natürlich vor allem vor den Wegweisern, die
man leicht falsch begreift, weil sie etwa durch einen Sturmwind ver=
bogen sind, gewarnt werden. Daß solche auch in den kritischen
Schriften stehen, weiß ein jeder: Garves Rezension war so ein Sturm=
wind, der einen wichtigen Wegweiser gar schlimm nach anderer Richtung
drehte. Somit ist die Aufgabe Becks erweitert, aber im Prinzip ist
sie dieselbe geblieben: er will durch Umkehrung der Methode Kants
den transscendentalen Standpunkt hervorkehren, weil er allein das
richtige Verständnis der kritischen Philosophie ermöglicht. Und wenn
Beck nach ³/₄jährigem Schweigen, weil Prof. Jakob ihm eine Gelegen=
heit bietet, einen Brief an Kant zu bestellen, diese ergreift und dabei
von seiner neuen Schrift sagt: „Meine ganze Absicht ist, zu zeigen,
daß die Kategorien der Verstandesgebrauch selbst sind, daß sie allen
Verstand und alles Verstehen ausmachen"[1], so ist damit wieder nichts
anderes gemeint als: Meine ganze Absicht ist, den transscendentalen
Standpunkt hervorzuheben.

So haben wir an der Hand der Aufzeichnungen Becks die Ent=
stehung der Lehre, die später wegen ihres Titels allgemein als Stand=
punktslehre bezeichnet wurde (anfangs brauchte besonders Reinhold
diese Bezeichnung), kennen gelernt. Wichtig ist vor allem, daß Beck
auch durch sie nur das richtige Verständnis der kritischen Philosophie
erleichtern will; es war deswegen auch ganz natürlich, daß die Schrift
als dritter Band des erläuternden Auszugs aus den kritischen Schriften
auf Anraten des Herrn Prof. Kant erschien und als Unterscheidung
von den rein kommentierenden ersten beiden Bänden den besonderen
Titel „Einzig möglicher Standpunkt, aus welchem die kritische Philo=
sophie beurteilt werden muß", erhielt. Wir sind also aus Becks eigener
Feder aufgeklärt über den Zweck der Standpunktslehre; dies wird uns

---

[1] Ebendaselbst, p. 56.

von großem Vorteil sein, wenn wir im zweiten Teil zu beurteilen
versuchen werden, ob diese Lehre wirklich das richtige Verständnis
Kants enthält. Denn man kann eine Schrift vollständig nur würdigen,
wenn man weiß, in welcher Absicht sie entstanden ist. Ferner giebt
uns — wie wir oben angedeutet — diese Entstehungsgeschichte die Erklärung für das Verhalten Kants.

Wie wir gesehen haben, hatte Kant dem Unternehmen, das er
selbst im Jahre 1791 ins Leben rief, schon 2 Jahre später fast voll-
ständige Gleichgültigkeit entgegengebracht und entzog ihm nach drei
Jahren (von 1794 an) sein Interesse ganz und gar. Allen Bedenken
Becks bei Ausarbeitung des Kommentars zu den drei Kritiken hatte
er stets nur die eigenen Sätze in ihrer starren Geschlossenheit ent-
gegengestellt. Als er nun gar von Beck vernahm, er wolle seine
ganze Methode umkehren, brach er vollständig mit ihm. Kant hat
nie vermocht, sich in den Gedankenkreis seiner Schüler und Freunde
einzuleben; was aus dem Rahmen seines Systems nur ein wenig
herausfiel, was sich nicht unter seine Begriffe einordnen ließ, das galt
ihm als Unsinn, mindestens aber als hyperkritisch. Es ist bezeichnend,
daß er Becks Schriften — wie wir später sehen werden — nie las;
er wußte aus den Briefen genug; mit solchen Verbesserungsversuchen
seiner Philosophie wollte er nichts zu schaffen haben. Umkehrung
seiner Methode war ihm, als ob die ganze Lehre auf den Kopf gestellt
würde. Dies ist der Grund, warum er vollständig schwieg. Von dem
Moment an, in dem er bei Beck eigene Gedanken über die kritische
Philosophie wahrnahm, richtete er kein freundliches Wort mehr an
diesen. Es wäre ungerecht und wenig einsichtsvoll, Kant aus diesem
Verhalten einen Vorwurf machen zu wollen. In dem Jahre, in
welchem Beck dem Königsberger Philosophen den Plan seiner Standpunktslehre auseinandersetzte, vollendete dieser sein 70. Lebensjahr.
Kant war körperlich und geistig alt; und wenn er nach der großen
Arbeit seines Lebens ungewöhnlich früh gealtert ist, so darf man sich
vollends beim 70jährigen nicht über eine gewisse Starrheit der Ideen
wundern. Andererseits aber ist es auch durchaus begreiflich, daß der
aufstrebende Beck diese Erkaltung der Freundschaft seines großen
Lehrers schmerzlich empfand. Er wird förmlicher, zurückhaltender.
Die letzten angeführten Briefe waren nur noch einer Gelegenheit zu-
lieb geschrieben. Aber kein bitteres Wort über Kants Schweigen
kommt aus seiner Feder; er verehrt den großen Mann stets noch in

gleichem Maße. Wie dankbar er ihm ist, zeigt der Brief vom 17. Juni 1795; er schildert darin, wie gut es ihm jetzt in Halle gehe, wie er Freunde habe, wie die Studenten gern bei ihm hören, wie seine finanzielle Lage sich gebessert habe, und schließt mit den Worten: „Ihnen, fürtrefflicher Mann, verdanke ich meine bessere Lage; denn Sie haben mir die Hand geboten".[1]

Also völlige Entfremdung auf Kants Seite, liebevolle Verehrung auf der Becks: so hat sich das Verhältnis bis zum Jahre 1796, dem Jahr der Erscheinung der Standpunktslehre, gestaltet. Man muß die Geschichte, die bis zu diesem Punkt führt, kennen, um zu wissen, was man von Kants Urteil zu halten habe. Wir stehen vor dem letzten Entwicklungszustand dieses Urteils.

b) Kants endgültige Ablehnung der Standpunktslehre.

Die Vorrede zu dem dritten und wichtigsten Band des erläuternden Auszugs ist datiert vom August 1795, die zum Grundriß ist ohne Datum. Die Schriften sind aber kurz nacheinander im Laufe des Jahres 1796 erschienen. Beck schickte seinem ehemaligen Lehrer sicher= lich sofort nach dem Erscheinen je ein Exemplar, und es ist nicht an= zunehmen, daß er dazu kein Wort geschrieben haben soll; ich glaube daher, daß in der Reihe der uns erhaltenen Briefe Becks hier eine Lücke ist. Leider ist auch Kants Antwort verloren gegangen, die sich über die Schriften, wenn auch nur ganz allgemein, aussprach. Da aber Beck in seinen zusammengehörigen Briefen vom 20. und 24. Juni 1797 auf dieses Schreiben Kants eingeht, indem er sich gegen ihn verteidigt, können wir uns den Inhalt so ziemlich rekonstruieren. Kant muß etwa folgendes geschrieben haben: Er bedauere durch sein Alter, das ihn zwinge, sich auf eine Arbeit zu konzentrieren, verhindert zu sein, die übersandten Schriften so durchzustudieren, daß er ein be= gründetes Urteil abgeben könne. Er habe aber dem Herrn Hofprediger Schultz die Bücher zu lesen gegeben und dieser, auf dessen Urteil er sich vollständig verlasse, habe sich dahin geäußert, daß durch diese neue Lehre die kritische Philosophie in der Wurzel angegriffen sei[2], indem die ganze Sinnlichkeit weg exegesiert[3] und der thörichte Satz aufgestellt sei, daß der Verstand das Ding mache.[3] Es habe keinen

---

[1] Ebendaselbst, p. 56.
[2] Vgl. ebendaselbst, p. 58.
[3] Vgl. ebendaselbst, p. 64.

Sinn zu behaupten, daß die Realität die ursprüngliche Synthesis des Gleichartigen der Empfindung sei, wenn man die ganze Sinnlichkeit geleugnet habe, da nicht einzusehen sei, was dann Empfindung noch bedeuten solle.[1] Vor allen Dingen aber müsse er dagegen Einspruch erheben, daß solche Ungereimtheiten als auf sein Anraten geschrieben in der Öffentlichkeit kursierten.[2] Das Publikum würde dadurch zur Ansicht veranlaßt, er billige diese Lehre, was doch durchaus nicht der Fall sei. Er müsse daher darauf bestehen, daß eine „schnelle und öffentliche Beilegung dieser Mißhelligkeit kritischer Prinzipien vom obersten Rang"[3] erfolge. Um diesen Wunsch auszudrücken, habe er in erster Linie geschrieben[3], und er hoffe, daß baldmöglichst die Er= füllung folge.

Dies muß ungefähr der Inhalt des Schreibens Kants gewesen sein. Wir wissen nach unserer vorangegangenen Erörterung, wie wenig wir von diesem Urteil zu halten haben. Zunächst ist es eigent= lich Schultzes Urteil und nicht das Kants. Daß Kant es so voll= ständig zu seinem eigenen macht, ist nur erklärlich aus dem Unwillen gegen den Schüler, der sich, wie er meinte, zum Meister aufspiele. Dann aber ist das Urteil grundfalsch. Es fiel Beck nicht im Traum ein, die Sinnlichkeit zu leugnen, er dachte nicht im entferntesten daran, die kritische Philosophie anzugreifen oder neu begründen zu wollen, er wollte weiter nichts, als durch Umkehrung ihrer Methode sie ver= ständlicher machen, als sie es bisher war; deswegen ist auch nicht ab= zusehen, warum er nicht die Bezeichnung, auf Anraten Kants, lassen konnte, was wir bereits ausführlich erörtert haben.[4]

Beck führt seine Verteidigung in den beiden Briefen vom 20. und 24. Juni 1797 mit umständlicher Ausführlichkeit. Er kann gar nicht begreifen, daß Schultz ihn so mißverstehen könne. Und es giebt auch in der That kaum eine andere Erklärung dafür als die von Beck selbst angeführte: „Fast kann ich mir dieses Mißverstehen nicht anders als durch die Nachricht erklären, — daß der würdige Mann seine Frau vor einiger Zeit verloren hat, welches Ereignis ihm vielleicht einige Grämlichkeit zurückgelassen hat".[5] Die gesamte Verteidigung

---

[1] Ebendaselbst, p. 68.
[2] Ebendaselbst, p. 65.
[3] Ebendaselbst, p. 68.
[4] Siehe oben, p. 13.
[5] Reicke, p. 65.

aber betont vor allen Dingen, daß die ganze Standpunktslehre nicht
beabsichtige, etwas Neues zu lehren. Beck unterscheidet sich, mehrmals
ausdrücklich von Reinhold und allen benen, die als Verbesserer der
Transscendentalphilosophie auftreten: „In bem erften Abschnitt meiner
Schrift handle ich von den Schwierigkeiten, in den Geist der Kritik
zu bringen und mache barin ben Skeptiker; bloß um sehr viele kritische
Philosophen, die wirklich den bogmatischen Schlaf schlafen, zu wecken,
und um Herrn Reinhold und andern sich nennenden Elementarphilo=
sophen zu Gemüt zu führen, daß, indem sie Ihre Kritik meistern, weil
sie einen Satz, aus dem alle Philosophie quellen soll, ihrer Meinung
nach anzugeben unterlassen haben, — — — um biesen Männern
zuzurufen, daß sie nicht bemerken, daß basjenige, worauf jeder mögliche
Satz, wenn er Sinn haben soll, beruht, gerade von Ihnen in dem
ursprünglichen Verstandesverfahren der Kategorien angegeben worden".[1]
Er dagegen wolle weiter nichts als biesen Punkt der kritischen Philo=
sophie, daß die Kategorien ursprünglich sind, „auffallend machen",
b. h. er wolle weiter nichts als durch Hervorhebung des Wesentlichen
die Kritik einleuchtend machen. Und er glaube auch „den Satz, der
die Seele der kritischen Philosophie ist", so auslegen zu können, daß
selbst Kant zu ihm sagen würde: „Du haft eigentlich nichts Neues in
Deinen Schriften gelehrt; aber verstanden hast Du mich vollkommen".[2]
Trotz alledem sieht Beck die Schwächen seiner Arbeit ein. Er ist sich
bewußt, in seiner Darstellung oft unklar und unbestimmt zu sein.
Mehrfach spricht er dies aus und wünscht, die Einsicht, die er während
der Ausarbeitung seiner Schriften gewonnen, schon zu Anfang besessen
zu haben. Er will diese höhere Einsicht benutzen, um Retraktionen
seiner Arbeit bei einer künftigen Ausgabe des Grundrisses vorzu=
nehmen. „Ich bemerke aber — fährt er fort — daß ich barunter
auch nur solche Retraktionen meine, wie ich glaube, daß der heilige
Augustin meinte. Ich glaube nicht eben Falschheiten in meinen
Büchern gesagt zu haben, als vielmehr Unbestimmtheiten."[3]
Auch den Wunsch Kants will er erfüllen und das Publikum
barauf aufmerksam machen, daß der Standpunkt nicht auf Kants
Anraten geschrieben ist, wiewohl er nicht einsieht, wie Kant durch
diese Bezeichnung kompromittiert zu werden fürchten kann. Beim

¹ Reicke, p. 63; vgl. auch p. 64.
² Ebendaselbst, p. 60.
³ Ebendaselbst, p. 59.

Mayer, W. b. Sigismund Beck zu Kant.   2

Erscheinen seiner nächsten Schrift will er eine Erklärung über diese Sache abgeben[1] oder auch bei Gelegenheit einer Rezension in Jakobs Annalen den Standpunkt als seine eigene Idee anerkennen, freilich nicht ohne dabei hinzuzufügen, daß er glaube, „die Kritik richtig exponiert zu haben".[2] Ein anderer Vorschlag geht dahin, daß Hof=prediger Schultz einen Aufsatz über die Hauptpunkte der kritischen Philosophie verfassen solle, woran anschließend Beck die Retraktionen seiner Arbeit bezeichnen könne.[3] Indessen kam keiner dieser Vorschläge zur Ausführung, wahrscheinlich, weil Kant kein Wort der Erwiderung auf Becks Briefe fand und später selbst seine Stellung zu Beck öffent=lich kennzeichnete.

Im Jahre 1799 erschien nämlich in dem Intelligenzblatt der Jenaischen Allgem. Litteraturzeitung von Kants Feder eine „Erklärung in Beziehung auf Fichtes Wissenschaftslehre", welche diese Lehre voll=ständig ablehnt und Beck in die Verwerfung verflicht. Es steht in diesem Aufsatz u. a. folgende Stelle: „Da endlich Rezensent behauptet, daß die Kritik in Ansehung dessen, was sie von der Sinnlichkeit wörtlich lehrt, nicht buchstäblich zu nehmen sei, sondern ein jeder, der die Kritik verstehen wolle, sich allererst des gehörigen (Beckschen oder Fichteschen) Standpunktes bemächtigen muß, weil der Kantsche Buch=stabe wie der Aristotelische den Geist töte, so erkläre ich hiermit noch=mals, daß die Kritik allerdings nach dem Buchstaben zu verstehen, und bloß aus dem Standpunkt des gemeinen, nur zu solchen abstrakten Untersuchungen hinlänglich kultivierten Verstandes zu verstehen ist. Ein italienisches Sprichwort sagt: Gott bewahre uns vor unseren Freunden, vor unseren Feinden wollen wir uns selbst in Acht nehmen. Es giebt nämlich gutmütige, gegen uns wohlgesinnte, aber dabei in der Wahl der Mittel, unsere Absichten zu begünstigen, sich verkehrt benehmende (tölpische), aber auch bisweilen betrügerische, hinterlistige, auf unser Verderben sinnende und dabei doch die Sprache des Wohl=wollens führende (aliud lingua promptum, aliud pectore inclusum gerere) sogenannte Freunde, vor denen und ihren ausgelegten Schlingen man nicht genug auf der Hut sein kann."[4]

---

[1] Ebendaselbst, p. 66.
[2] Ebendaselbst, p. 71.
[3] Ebendaselbst, p. 66.
[4] Intelligenzblatt der Jen. Litt.=Ztg. 1799, Nr. 109; Hartenstein VIII. (Ausgabe v. 1868), p. 600—601.

Hier haben wir nun Kants letztes Wort über die Standpunkts=
lehre. Ob er seinen anfänglich geliebten Schüler hier nun zu den
gutmütigen aber tölpischen oder zu den hinterlistigen Freunden
rechnet, — jedenfalls stand hier für jeden, der es lesen wollte, klar
und deutlich geschrieben: Beck hat mich nicht verstanden. Wir brauchen
uns aber nur in das Gedächtnis zu rufen, wie wenig Kant überhaupt
von der Standpunktslehre wußte, wie er vorurteilsvoll schon die
werdende abgelehnt, die vollendete gar nicht gelesen hat, um diesem
Urteil trotz der Größe seines Urhebers jeden philosophischen Wert
abzusprechen.[1] Das Urteil hat für uns nur historische Bedeutung
und diese haben wir nach Gebühr gewürdigt durch unsere Darstellung
des ganzen Verhältnisses zwischen Kant und Beck, das in dieser Er=
klärung seinen Abschluß findet. Wir werden also unbeirrt durch Kants
Ansicht uns auf Grund einer genauen Kenntnis der Beckschen Lehre
ein eigenes Urteil zu bilden suchen. Bevor wir aber in diesen —
den philosophischen — Teil unserer Arbeit eintreten, wollen wir auch
diese Fragen, die sich gleichsam nebenher in unserer historischen Be=
trachtung ergeben haben, zu einem Abschluß bringen und als Resultate
in einem Rückblick so präzisieren, daß sie nachher um so leichter ver=
wertbar sind.

IV. Abschluß und Rückblick.

Die Beziehungen zu Kant bilden das wichtigste Ereignis im
Leben Becks. Man kann von jenen nicht sprechen, ohne auch von
diesem etwas zu sagen. Wenn wir nun hier das bereits Erwähnte
zu einem Abschluß bringen, so entfernen wir uns zwar etwas von
unserem Thema, glauben aber das abgeschlossene Bild dem unvollendeten
vorziehen zu müssen.

Zunächst drängt sich uns die Frage auf: Wie verhielt sich Beck
gegen die Erklärung Kants? Öffentlich scheint Beck mit keinem Wort
erwidert zu haben; es wäre auch wenig zartfühlend gewesen, wenn
er sich mit dem großen Philosophen, dem er Stellung und Welt=
anschauung verdankte, in einen litterarischen Streit eingelassen hätte.
Und was hätte er anderes behaupten und beweisen können, als daß
die Standpunktslehre die richtig verstandene kritische ist? Ein aus=
sichtsloses Beginnen, denn ihr Urheber mußte doch am besten wissen,
was sie bedeute; dem Kant hätte man geglaubt, Beck wäre verlacht

[1] Vgl. Kuno Fischer, Gesch. d. n. Phil. III (3. Aufl.), p. 576.

2*

worden. Nochmals an Kant zu schreiben, hatte auch keinen Sinn,
war er doch der ausführlichsten Verteidigung (die Briefe vom 20. und
24. Juni 1797) gegenüber hartnäckig und stumm geblieben, nach wie
vor seinem Freunde Schultz mehr Einsicht zutrauend als Beck. Dieser
schrieb nur noch zweimal ganz kurz an Kant, am 9. September und
am 6. Oktober 1797.[1] Der eine Brief bedauert, daß Kant, wie aus
einem Schreiben an Prof. Tieftrunk in Halle hervorgehe, durch jene
Verteidigung keinen Zoll breit von seiner vorgefaßten Meinung
abgewichen sei, der andere ist ein Empfehlungsschreiben für einen
früheren Schüler Becks. Aber trotzdem haben wir ein Zeugnis, wie
Beck Kants Erklärung aufnahm, und sogar eines von seiner Hand.
Er schreibt nämlich am 30. März 1800 folgendes an Prof. Pörschke
in Königsberg, der sich über Kants üble Laune beklagt hatte: „Ich
nehme das alles dem sonst ehrwürdigen Greise so sehr nicht übel,
auch nehme ich es ihm nicht übel, daß er mich in seine Erklärung
gegen Fichte verflochten hat, denn was seinen auch gegen mich
gerichteten Unwillen betrifft, so denke ich darüber so: Er mag viel=
leicht hin und her einiges in meinem Standpunkt gelesen haben.
Nun habe ich allerdings mich darin zum öftern über die Dinge an
sich etwas zu kraß ausgedrückt. Mein Zweck war, mich dem faden
Geschwätz des Reinholds zu widersetzen, und ich verlor dabei den Be=
griff des Intelligiblen zu sehr aus den Augen. In einer so schweren
Untersuchung war wohl dieser Fehler noch verzeihlich, und eine freund=
liche Zurechtweisung von Kant wäre der Sache wohl angemessener
gewesen, als es die hirnlosen Beschuldigungen Schultzes waren, denen
Kant Beifall gab."[2] Diese Mäßigung in seinem Urteil über den
großen Philosophen steht Beck wohl an. Und auch auf Schultz ist
er nicht so schlecht zu sprechen, wie es hier den Anschein hat. Obwohl
es natürlich gewesen wäre, den Mann, der seine Lehre so gänzlich
mißverstanden, ihn als Feind der kritischen Philosophie hingestellt
hatte, zu hassen, schrieb er doch am 9. September 1797 an Kant:
„Was Herrn Schultz betrifft, so ist mein Herz von aller Bitterkeit
gegen ihn frei, und ich wünsche mir Gelegenheit, ihm dieses durch die
That zu beweisen. Wenn er sich an meine Stelle setzen möchte, so
würde er das Beleidigende, das in seinem Vorwurf liegt, der einmal

[1] Reicke, p. 71—73.
[2] Dorow, Denkschriften und Briefe, Band 5, Berlin 1841, p. 152 u. 153.

nichts Geringeres als Unterschiebung einer unredlichen Absicht enthält,
und wodurch er mich zweitens mit den neuen philosophischen Irrlichtern
in eine Klasse setzt, wohl selbst bemerken. Aber an sich selbst liegt
in diesem Betragen Achtung für Sie und Interesse für die Philosophie
zu Grunde, und in diesen Stücken kann niemand einverstandener mit
ihm sein, als ich es bin."[1] Alles dies zeigt uns, wie Beck sich zu einer
gewissen Ruhe und Abgeklärtheit durchgerungen hat. Er ist sich be=
wußt, etwas geleistet, seiner geliebten kritischen Philosophie Förderung
verschafft zu haben. Er verteidigt seinen Standpunkt in ernster Sach=
lichkeit, ohne blind zu sein für die eigenen Schwächen. Wie darum
auch unser Urteil über den Philosophen Beck ausfallen mag, als
Menschen achten wir ihn durchaus.

Seine Entwicklung liegt nun klar vor uns; wir haben sie an
der Hand seiner Briefe bis zu ihrem Höhepunkt verfolgt. „Wir
haben in diesen Briefen — sagt Abickes — Becks ganze Entwicklung
vor uns, vom ehrerbietigen Schüler an, der auf Kants Anraten es
unternimmt, eine Inhaltsangabe zu machen, und seinen Lehrer bittet,
ihm schwierige Punkte zu erklären, bis zum unabhängigen und fort=
schreitenden Philosophen, der im stande ist, seine Stellung gegen die
Angriffe des Hofpredigers Schultz und des nunmehr beunruhigten
Kant zu verteidigen."[2] Auch in einer Schrift ist dieser Höhepunkt
seines Lebens, seine ἀκμή zum Ausdruck gekommen: In der Pro=
pädeutik zu jedem wissenschaftlichen Studio vom Jahre 1799. Sie
enthält keine neuen Gedanken, zeichnet sich aber durch die Klarheit
der Darstellung aus; es ist keine Wiederholung der Standpunktslehre,
sondern eine Einführung in die Philosophie, vornehmlich aber in die
Kants. Und wenn Beck in der Vorrede den Zweck dieses Buches
dahin angiebt, „auf die Vorbereitung einer wahren Philosophie, die
keines Mannes Namen tragen darf, hinzuwirken"[3], so ist darunter
nicht, wie Erdmann meint[4], eine Absage an die kritische Philosophie
zu verstehen; dagegen spricht der Inhalt des ganzen Buches; wir
werden vielmehr annehmen müssen, daß Beck die kritische Philosophie
als die einzig wahre, als das höchste Produkt des menschlichen Geistes,
nicht durch den Namen irgend eines Menschen profanieren wollte.

---

[1] Reicke, p. 72.
[2] Abickes, Kantian Bibliographie III, 3, p. 324.
[3] Propädeutik, Vorrede.
[4] Deutsche Spekulation I, p. 538.

Vor allem aber liegt eine gewisse Bitterkeit gegen Kant in dieser Stelle, gegen den alten Kant, der seine Philosophie in anderem Gewand nicht zu erkennen vermag. Was nach der Propädeutik erschien[1], sind Lehrbücher, wie sie jeder andere Kantianer auch schreiben konnte. Für die Standpunkts= lehre haben sie keine Bedeutung. Ueberhaupt brachte das neue Jahr= hundert · Beck zwar einen schönen Wirkungskreis[2], in dem der Rest seines Lebens ruhig verlief, aber es erstickte auch den jungen Ruhm im Keime. Der Grund ist sehr einfach: Ein Größerer war gekommen, Johann Gottlieb Fichte. Neben der Wissenschaftslehre konnte die Standpunktslehre sich nicht halten. Und bis zu einer Anerkennung Fichtes brachte es Beck nicht.

Die Beziehungen zwischen beiden reichen zurück bis zum Jahre 1795. Beck rezensierte nämlich damals in dem Organ der Kantianer, in Jakobs Annalen der Philosophie und des philosophischen Geistes, die 1794 erschienenen Schriften Fichtes „Über den Begriff der Wissen= schaftslehre" und „Grundlage der gesamten Wissenschaftslehre".[3] Er wandte sich vor allem gegen Fichtes Äußerungen über mathematische Gegenstände, worauf es eigentlich in Fichtes Lehre ankommt, erkannte er trotz oder vielleicht wegen der großen Übereinstimmung mit seinen eigenen Ideen nicht. Die ganze Rezension ist sehr derb; die nächste[4]

---

[1] Grundsätze der Gesetzgebung, Leipzig 1806. Lehrbuch des Naturrechts, Jena 1820. System der Logik, Rostock und Schwerin 1820. Außerdem noch eine Reihe kleiner Abhandlungen meist philosophischen Inhalts.

[2] Beck wurde, nachdem er 1796 in Halle a. o. Prof. geworden war, 1799 als ordentlicher Prof. der Metaphysik nach Rostock berufen und begann daselbst im Sommersemester 1799 seine Vorlesungen. Seine Lehrthätigkeit war sehr umfangreich, seine Stellung eine geachtete. Er war dreimal Dekan, viermal Rektor, einen Ruf nach Berlin als Prof. der Philosophie bei dem adeligen Ka= bettenhofe schlug er aus. Hochgeachtet und rüstig bis ins höchste Alter, starb er etwas über 79 Jahre alt am 29. August 1840.

[3] Annalen 16., 17., 18. Jahrgang 1795.

[4] Annalen 1796, p. 400—421. Diese Rezensionen sind anonym erschienen. Es ist aber nicht einzusehen, warum Prof. Dilthey in seiner Abhandlung „Die Rostocker Kant=Handschriften" (p. 642) aus dem Stil und dem Inhalt dieser Annalen, zusammengenommen mit einer Äußerung Fichtes in der ersten Ein= leitung, p. 444 f. auf die Urheberschaft Becks schließt. Wir haben viel sicherere Beweise dafür: 1. Beck erwähnt in einem Briefe an Kant (24. Juni 1797) aus= drücklich, daß er in einer Rezension in Jakobs Annalen sich gegen Fichtes Ideen ausgesprochen habe. 2. In der von Dilthey erwähnten Stelle schreibt Fichte,

über die „Grundlage des Naturrechts" (1796) ist etwas ruhiger gehalten. Fichte seinerseits hob in der ersten Einleitung zur Wissen=schaftslehre (1797) Beck lobend aus der Reihe der übrigen Kantianer hervor[1], als den einzigen, der Kant verstanden habe. In den Oster=ferien 1797 besuchte dann Beck Fichten in Jena; die beiden Männer verstanden sich aber ganz und gar nicht: Fichte hoffte in Beck einen Anhänger zu gewinnen und betonte ihre Übereinstimmung; Beck wollte keinerlei Gemeinsamkeit der Ideen anerkennen. Er hat über den Besuch an Kant geschrieben[2] und über das „dumme Zeug" Fichtes hart geurteilt. Auch später vermochte er sich nicht in Fichtes Anschauungen einzuleben, er hat es wohl auch gar nicht mehr ernstlich versucht. Noch 1800 schreibt er über Fichte: „Mein Urteil über ihn bleibt: Er ist ein Narr".[3] Über das Verhältnis der Lehren beider Männer werden wir noch später zu sprechen haben. Hier nur so viel über Beck: Wie wir im Eingang unserer Betrachtung die Schwerfälligkeit seines Stils als eine Ursache seiner Unberühmtheit bezeichneten, so können wir hier, zum Schluß dieses Teils, eine zweite in seinem Verhältnis zu Fichte aufweisen. Denn selbst, wenn sich Beck auf die Stufe der Wissen=schaftslehre aufgeschwungen hätte, wäre er unbeachtet geblieben, indem seine Bedeutung in der Standpunktslehre lag, diese aber von der Wissenschaftslehre begreiflicherweise überstrahlt wurde. „Die ersten Schriften der Wissenschaftslehre sind zwei Jahre früher als die Becksche Standpunktslehre; die Erscheinung der letzteren ist bereits epigonisch." „Beck steht schon im Schatten Fichtes."[4]

Wir dürfen hiermit unsere historische Betrachtung als vollendet ansehen, indem alles für die richtige Beurteilung Becks Wichtige be=handelt ist. Fragen wir nun noch kurz nach den Endresultaten dieses Teils, so sehen wir ab von allem, was wir über Beck, über die Ent=stehung seiner Werke, seine anfänglichen Zweifel, was wir über Kants

---

er bedauere Beck wegen der Eilfertigkeit, mit der er in einer Gesellschaft, für die er zu gut ist, über Bücher herfährt, die er nicht versteht. Viel deutlicher und beweiskräftiger ist die Stelle der ersten Einleitung, p. 469, wo Fichte von den „abenteuerlichen Mißgeburten" spricht, „welche es dem Standpunktslehrer gefiel, unter dem Namen der Wissenschaftslehre den Lesern der Annalen vorzu=führen".

[1] Siehe diese Schrift, p. 51.
[2] Reicke, p. 70.
[3] In dem Brief an Pörschke, Dorow, Denkschriften V, p. 153.
[4] Kuno Fischer, Gesch. d. n. Phil. V, p. 292.

Verhalten ꝛc. erfahren haben, und heben nur folgende zwei Punkte
als die wichtigsten hervor:

1) Das Urteil Kants über Beck ist philosophisch bedeutungslos.

2) Beck will nichts Neues gelehrt, sondern nur durch Umkehrung
der Methode den wesentlichen Punkt der kritischen Philosophie, von
dem aus ihr Verständnis erleichtert ist, hervorgehoben haben.

Zweiter Teil.
Darstellung und Beurteilung der Lehre Becks.

Die Beantwortung der Frage: Hat Sigismund Beck Kant richtig
verstanden? setzt die von zwei andern voraus. Um eine Lehre zu prüfen,
muß man sie kennen. Eine genaue Darstellung der Standpunktslehre
ist also die eine der Voraussetzungen. Ferner, um eine Lehre darzu=
stellen, muß man ihren Ort in der Geschichte der Philosophie ver=
stehen; man muß wissen, welche Probleme zu ihrer Zeit der Lösung
harrten und welche Stellung sie zu ihnen einnahm. Eine Skizze
des Zustandes der Philosophie nach dem Erscheinen der Vernunftkritik
ist somit die weitere Voraussetzung. Es liegen also drei Fragen vor
uns: Welches sind die Probleme der nachkantischen Philosophie? Was
lehrt Beck? Enthält seine Lehre das richtige Verständnis der kantischen?

I. Die Probleme der nachkantischen Philosophie. Das richtige Verständnis Kants.

Aus welchen äußern und persönlichen Bedingungen die Stand=
punktslehre entstand, ist entwicklungsgeschichtlich klargelegt, ihre Be=
dingungen, die in dem Ideenkreis der Zeit lagen, sind jetzt aufzu=
weisen.[1] Hierbei wird sich zugleich Gelegenheit bieten, ein Wort über
das richtige Verständnis Kants zu sagen; Klarheit über diesen Punkt
ist eigentlich die erste Voraussetzung unserer Arbeit; ihn aber erst
innerhalb derselben aufklären zu wollen, hieße eine unendliche Litteratur
durch einen bedeutungslosen Beitrag vermehren und die Behandlung

---

[1] Vgl. zu dieser ganzen Ausführung Kuno Fischer, Gesch. d. n. Phil.,
Band V, Einleitung in die nachkantische Philosophie, 5. Kap., p. 97—112.

des eigentlichen Themas dieser Schrift, das sich Beck nennt, in den ihr gesetzten Grenzen unmöglich machen.

„Neue Aufgaben entspringen aus dem kritischen Werke Kants; Fragen, welche die Grundlagen der Philosophie betreffen und von so verschiedenen Seiten ergriffen sein wollen, daß ihre Untersuchung ent=gegengesetzte Standpunkte hervorruft. Daraus erklärt sich der verwickelte und vielgespaltene Entwicklungsgang, den die nachkantische Philosophie nimmt."[1] Trotz dieser Mannigfaltigkeit der Richtungen ist ein not=wendiges Entwicklungsgesetz in ihnen unverkennbar. Dasselbe tritt klar vors Auge, wenn man das Thema der Vernunftkritik und dessen Behandlung erwägt. Der Ursprung der Erscheinungen aus der mensch=lichen Vernunft und dem Urgrunde, dem Ding an sich, ist die Lehre der Kritik. Die Lehre vom Ursprung der Erscheinungen aus der menschlichen oder sinnlichen Vernunft ist transscendentaler Idea=lismus; ihn hat Kant ausgeführt. Die Lehre von dem Urgrund der Erscheinungen, d. h. von dem Ding an sich, das zugleich unserer erkennenden Vernunft zu Grunde liegt (als sinnliche oder rezeptive kann sie nicht selbst Urgrund sein), ist kantischer Realismus; seine Ausführung ist von Kant wegen der Unerkennbarkeit des Dings an sich für un=möglich erklärt worden. Indessen läßt Kant doch „so viel Licht auf die Sache fallen, daß notwendigerweise mehr Licht gesucht und die völlige Erleuchtung des Dinges an sich, im Unterschied von allen Erscheinungen und ohne es mit den letzteren zu vermengen, erstrebt werden muß".[2] So bildet die Frage nach dem realen Urgrund der Erscheinungen, im Gegensatz zu ihrem subjektiven Ursprung, die Frage nach dem Ding an sich, das metaphysische Problem der nachkantischen Philosophie. Mit ihm ist auf das Engste das Erkenntnisproblem verbunden, so daß die Lösung des einen nicht ohne die des andern versucht werden kann. Da nämlich Kant eine Reihe von Vernunftvermögen gelehrt hatte, lag die Aufgabe, diese auf eine Wurzel zurückzuführen, sehr nahe; es sollte deduktiv entwickelt werden, was Kant induktiv gefunden hatte. Wohl besteht auch bei ihm eine gewisse Ordnung der Vernunftver=mögen: der theoretischen Vernunft, bestehend aus Sinnlichkeit und Ver=stand, zwischen welchen die produktive Einbildungskraft steht, ist die praktische übergeordnet; die reflektierende Urteilskraft vermittelt zwischen beiden. Damit ist aber noch kein System gegeben, da die einheitliche,

---

[1] Ebendaselbst, p. 97.
[2] Ebendaselbst, p. 98.

prinzipielle Begründung fehlt. In ihrer Auffindung besteht das Erkenntnisproblem, welches Kant für unlösbar gehalten: die gesuchte
Einheit war ihm ein Ding an sich. Deswegen fällt auch das Erkenntnisproblem mit dem metaphysischen zusammen: ist die gemeinsame
Wurzel der Vernunftvermögen gefunden, so ist das Ding an sich nicht
mehr eine unbekannte Größe. So erklärt sich auch, „warum die nachkantische Philosophie, indem sie die Erkenntnislehre deduktiv zu begründen sucht, die metaphysische Richtung einschlägt".[1]

Letztere trägt einen dreifachen Grundcharakter, der eine dreifache
Antithese herausfordert, und erhebt sich in einer dreifachen Steigerung.
Hiermit ist die ganze Entwicklung der nachkantischen Philosophie
schematisiert. Die metaphysische Richtung ist nämlich zunächst als
solche metaphysisch, sie ist zweitens, weil eine Einheit suchend, monistisch
(Identitätslehre), sie ist drittens idealistisch, weil ihr Prinzip die er-
kennende Vernunft selbst ist. Dies ist der Charakter der Richtung,
die wir als metaphysischen Idealismus bezeichnen, und die die erste Hälfte
unseres Jahrhunderts vollständig, die zweite teilweise beherrscht hat.
Sie erhebt sich in einer dreifachen Steigerung, deren durchgängiges
Thema die Entwicklungslehre der Vernunft ist. Die erste Stufe giebt
Antwort auf die Frage, welches die Wurzel unserer theoretischen Vermögen ist, und ist an den Namen K. L. Reinholds und seiner
Elementarphilosophie geknüpft. Die zweite Frage geht tiefer und
strebt die Einheit der gesamten Vernunftvermögen zu begründen; sie
findet in der Wissenschaftslehre Fichtes ihre Behandlung und Lösung.
Die dritte Frage hat den größten Umfang, indem die Einheit der gesamten Vernunftwelt, die Einheit von Natur und Geist, das Objekt
ist. Fr. W. J. Schelling und G. W. Fr. Hegel sind die Haupt-
vertreter dieser Richtung, der die Bezeichnung „Identitätslehre" im
vollsten Sinne zukommt. Gegen diese großartige, hoch bedeutende
Entwicklung erhebt sich nun eine Antithese, dreifach, wie der Grundcharakter der ganzen Thesis. Man kann nämlich das metaphysische,
monistische und idealistische Element verneinen oder nur die beiden
letzteren oder endlich nur das idealistische; das erste thut die philosophische Anthropologie von J. Fr. Fries, die durch psychologische
Forschung das System unserer Vernunftvermögen erkennen will; die
zweite Antithese stellt sich dar in der Lehre Johann Friedrich Herbarts,

---

[1] Ebendaselbst, p. 103.

die der Identität eine Vielheit der Prinzipien, dem Idealismus einen Realismus gegenüberſetzt, der das Ding an ſich als etwas von der Vorſtellung völlig Unabhängiges zu ergründen ſucht; die dritte Anti=theſe endlich, deren Begründer Arthur Schopenhauer iſt, verneint nur das idealiſtiſche Element und ſetzt an ſeine Stelle das voluntariſtiſche.

Dies ſind in großen Zügen die Probleme der nachkantiſchen Philoſophie in der einleuchtenden Ordnung, die ihnen Kuno Fiſcher gegeben hat. An welcher Stelle ſteht nun Beck? Jedenfalls in der Reihe, die von Reinhold zu Fichte führt, die die beiden erſten Stuſen des metaphyſiſchen Idealismus verbindet. Um ſeinen Standpunkt genauer bezeichnen zu können, müſſen wir dieſe Reihe näher be=trachten.

Es war in Reinholds Natur und Erziehung begründet, daß zu=erſt die praktiſche Seite der Philoſophie Kants ihren Einfluß auf ihn ausübte. Seine Briefe über die kantiſche Philoſophie[1] verkünden mit „praktiſcher Wärme", wie Fichte ſich ausdrückt, daß die Prinzipien entdeckt ſind, „welche die Grundlagen des Glaubens, der Moral und des Rechts ausmachen".[2] Aber die praktiſchen Ergebniſſe der kritiſchen Philoſophie ſind bedingt durch die Einſicht in die Grenzen unſerer Vernunft, d. h. durch die theoretiſchen Reſultate der Kritik, durch die Erkenntnislehre. In ihr findet Reinhold, durch ſeinen akademiſchen Beruf in Jena dazu gebracht, die kantiſche Philoſophie zu lehren, die Schwierigkeiten, die der Ausbreitung der neuen Lehre bisher ſo hinderlich geweſen ſind. Es fehlt das Fundament. Die Vernunft=kritik iſt nur Propädeutik, iſt kein Syſtem; ſie zum Syſtem zu machen, iſt die Aufgabe Reinholds, die er in den drei von 1789—1791 erſchienenen Schriften[3] zu löſen ſuchte. So wird ſeine Philoſophie Fundamentallehre oder, wie die gewöhnliche Benennung iſt, Elementar=philoſophie. Nachdem einmal klar erkannt war, daß die Grundlage der Vernunftkritik einer Beſſerung bedürftig iſt, konnte es nicht allzu ſchwer fallen, ſie durchzuführen. Ein Syſtem verlangt ein Prinzip, einen erſten und einzigen Grundſatz. Dieſen findet Reinhold in dem

---

[1] 2 Bände, Leipzig 1790, 1792.
[2] Kuno Fiſcher, Geſch. d. n. Phil. V, p. 133, zur folgenden Darſtellung vgl. ebendaſelbſt, p. 133.
[3] Verſuch einer neuen Theorie des menſchlichen Vorſtellungsvermögens. — Beiträge zur Berichtigung bisheriger Mißverſtändniſſe der Philoſophie. — Das Fundament des philoſophiſchen Wiſſens.

Satz des Bewußtseins, den er in die Formel faßt: „Die Vorstellung wird im Bewußtsein vom Vorgestellten und Vorstellenden unterschieden und auf beide bezogen". Was dieser Satz enthält, ist nichts anderes als der Begriff der Vorstellung, bestimmt durch das Bewußtsein. So macht Reinhold das Wesen der Vorstellung zur Grundlage der Er= kenntnistheorie. Die Reinholdische Theorie des Vorstellungsvermögens begründet die des Erkenntnisvermögens, aus dem Kants Theorien der Sinnlichkeit und des Verstandes folgen. So gliedert sich Reinholds Lehre so eng an die kantische an, daß mit Fug und Recht von der kant=reinholdischen Philosophie gesprochen wird.

Worin besteht nun ganz kurz die Theorie des Vorstellungsver= mögens? Die Vorstellung besteht aus Stoff und Form; die letzte Ursache des Stoffes kann nur etwas von der Vorstellung und dem Vorstellungsvermögen Verschiedenes sein: das Ding an sich. Es ist das stoffgebende Prinzip. Ihm muß im Subjekt ein stoffempfangendes Vermögen, d. h. Rezeptivität gegenüberstehen. Das Ding an sich affiziert unser rezeptives Vermögen. Die Rezeptivität allein ist aber noch nicht unser Vorstellungsvermögen; sie ist es nur zusammen= genommen mit der Spotaneität. Unser spontanes Vermögen bringt die Form, den zweiten Faktor der Vorstellung hervor und synthesiert so das Mannigfaltige. Die letzte Ursache der Form liegt also in dem Subjekt an sich. So wird an dem gegebenen Stoff die Form her= vorgebracht und so die Vorstellung erzeugt. Die Vorstellung ist nicht der Gegenstand selbst, sondern entspricht ihm nur. Sich der Vor= stellung als solcher bewußt sein, darin besteht das klare Bewußtsein; „das Bewußtsein des vorgestellten Gegenstandes ist Erkenntnis. Das Vorstellungsvermögen als Bewußtsein des vorgestellten Gegenstandes ist Erkenntnisvermögen."[1] Die Erkenntnis besteht also in der Unter= scheidung des vorgestellten Gegenstandes von der bloßen Vorstellung einerseits und — da man sich der Vorstellung als der seinigen be= wußt sein muß — von dem Vorstellenden andererseits. Diese ganze Unterscheidung ist nur unter zwei Bedingungen möglich; die erste ist, daß ein Gegenstand vorgestellt wird, die zweite, daß diese Vorstellung gewußt wird. Wie ein Gegenstand vorgestellt wird, zeigte die Theorie des Vorstellungsvermögens; die Vorstellung wird durch ihren Stoff unmittelbar auf den Gegenstand bezogen; eine solche Vorstellung ist

---

[1] Kuno Fischer, Gesch. d. n. Phil. V, p. 147.

finnlich und wird Anschauung oder, in Ansehung des Subjekts, Empfindung genannt. Das Vermögen der Anschauungen ist die Sinnlichkeit. Zweitens muß die Vorstellung gewußt werden, d. h. es bedarf einer Vorstellung zweiten Grades. „Die Anschauung ist die aus dem Rohstoff geformte Vorstellung, sie ist die Vorstellung ersten Grades. Die Erkenntnis bedarf einer aus dem geformten Stoff (An= schauung) erzeugten Vorstellung, d. h. einer Vorstellung zweiten Grades."[1] In letzterer haben wir eine mittelbare Beziehung auf den Gegenstand; einen Gegenstand mittelbar vorstellen heißt aber ihn denken, das Denken aber geschieht durch Begriffe. Das Vermögen der Begriffe ist der Verstand. Das Erkenntnisvermögen besteht daher in Sinnlichkeit und Verstand. „Damit hat die Elementarphilosophie die Grenze erreicht, wo ihr eigentümliches Geschäft endet, wo sie in den Ausgangspunkt der kantischen Vernunftkritik eingreift und ihre weitere Aufgabe mit dem Hange und den Ergebnissen der letzteren im wesent= lichen zusammenfällt."[2]

Die Kenntnis der Elementarphilosophie ist von großer Wichtig= keit, weil alle Philosophen bis Fichte in erster Linie zu ihr Stellung nehmen. Sie ist als kant=reinholdische Philosophie die Lehre, wie sie die Universitäten beherrschte, die Lehre, die vielfach verteidigt und an= gegriffen wurde, die Lehre, deren bequeme Auffassung vom Ding an sich bis auf unsere Tage in den Köpfen der Laien=Philosophen ihr Unwesen treibt, die Lehre, gegen deren weit verbreiteten Dogmatismus Beck seine Angriffe richtet.

Die Geschichte dieser Angriffe ist zunächst die Geschichte der Philosophie. Es ist vor allem ein Punkt, dessen Schwäche sofort in die Augen springt. Das Ding an sich ist die letzte Ursache des Stoffes, das Subjekt an sich die letzte Ursache der Form unserer Erkenntnis; beide sind unerkennbar, also ist unsere Erkenntnis überhaupt uner= kennbar. Hiermit waren dem Skeptizismus die Thore geöffnet. Er tritt als antikritischer und als kritischer auf. Der antikritische Skep= tizismus findet in Gottlob Ernst Schulzes Änesidemus[3] seinen vollendetsten Ausdruck. Die skeptischen Einwürfe gesammelt und methodisch geordnet

---

[1] Ebendaselbst, p. 148.
[2] Ebendaselbst. p. 149.
[3] Änesidemus oder über die Fundamente der von dem Herrn Professor Reinhold in Jena gelieferten Elementarphilosophie, nebst einer Verteidigung des Skeptizismus gegen die Anmaßungen der Vernunftkritik 1792.

zu haben, darin besteht sein Verdienst. Sein Resultat, daß Kants Philosophie zum Skeptizismus führe, und daß deswegen zu den vor= kantischen Standpunkten zurückgekehrt werden müsse, ist unter der Voraussetzung, daß Reinhold Kant verstanden hat, vollständig richtig. Die Einwürfe des Änesidemus richten sich nun in erster Linie gegen das Ding an sich in der widerspruchsvollen Fassung, wie es bei Reinhold sich findet. Der Stand dieses Problems ist hiernach also folgender: Bejaht man mit Reinhold die Existenz des Dinges an sich als eines selbstständigen, von unserem Vorstellungsvermögen un= abhängigen Etwas, so ist die kritische Philosophie an die dogmatische ausgeliefert; setzt man es aber mit Änesidemus=Schulze als unerkenn= bar, „so triumphiert die skeptische Philosophie über die kritische: in beiden Fällen erheben sich auf den Trümmern der kantischen Lehre die˙ vorkantischen Standpunkte. Soll daher die Vernunftkritik in ihrer Geltung bestehen, so darf das Ding an sich weder als erkennbar, noch als unerkennbar gesetzt werden, d. h. es darf überhaupt nicht gesetzt, sondern muß in seiner landläufigen Geltung aufgehoben werden.“ — „Diesen Schritt thut Salomon Maimon.“[1] Seine Philosophie ist kritischer Skeptizismus, denn er verneint vom kritischen Standpunkt aus die Allgemeinheit und Notwendigkeit der Erfahrung. Da er die Unmöglichkeit des Dings an sich begreift, bleibt ihm als einziges Er= kenntnisprinzip das Bewußtsein. Aus ihm wird die Erkenntnis er= klärt; diese Erklärung bleibt aber stets eine irrationale, indem ein letzter Rest, die Empfindung, aus dem Bewußtsein für Maimon un= erklärlich ist, weil sie in unbewußten Vorgängen hervorgebracht wird. Deswegen kommt auch Maimon zu dem Resultat, daß die kritische Philosophie dem Skeptizismus in ihrer letzten Begründung weichen müsse.

Maimon ist von größter Bedeutung, denn er hat zuerst die Richtung eingeschlagen, die das Zurückgehen auf die dogmatische Philosophie, wie es sich aus Reinholds und Schulzes Standpunkt not= wendig ergab, vermied. Auf Maimons Weg muß fortgeschritten werden, um erklären zu können, was ihm noch unerklärbar geschienen, um auch den kritischen Skeptizismus zu überwinden und die kritische Philosophie in die Stellung einzusetzen, die ihr gebührt. Es sind nun zwei Männer, die die Richtung wie Maimon einschlagen, freilich sehr

---

ungleich weit fortschreitend. Beide gehen davon aus, daß Reinhold, seine Anhänger und Gegner nicht das Richtige getroffen haben; der eine sucht deswegen ganz zu lösen, was der Fortgeschrittenste unter jenen, Maimon, nur halb gelöst hat, er sucht die Erfahrnng „ohne Rest in ein Produkt des Bewußtseins aufzulösen".[1] Dies ist das Problem, das Fichte löst; ihn sehen wir in dieser Hinsicht als den Mann an, der Kant vollständig richtig verstanden, der den Geist der Vernunft=kritik von ihrem Buchstaben zu trennen und so ein vollendetes System des transscendentalen Idealismus auszubilden vermocht hat. Wir sagen damit nichts anderes, als was Fichte selbst oft genug wiederholt hat.[2] Wir haben ferner hierbei nicht einzelne Punkte im Auge, lassen un=erörtert, wie weit Fichte über Kant hinausging; es handelt sich nur um das prinzipielle Verständnis Kants und, was dieses anbelangt, ist die Wissenschaftslehre „die wohlverstandene kantische".[3] Kants epochemachende Bedeutung wurzelt eben in letzter Linie doch darin, daß er den Schwerpunkt der Philosophie von den Dingen außer uns in unser Inneres verlegt hat; aus diesem Grunde ist er der Koper=nikus der Philosophie, aus dieser Wurzel entspringen seine Resultate auf theoretischem wie auf praktischem Gebiet. Es ist Kants Verdienst, „die Philosophie zuerst mit Bewußtsein von den äußeren Gegenständen abgezogen und sie in uns hineingeführt zu haben; dies ist der Geist und die innigste Seele seiner ganzen Philosophie; dasselbe ist auch der Geist und die Seele der Wissenschaftslehre."[4] Das soll unser Anhalts=punkt sein in der schwierigen Frage nach dem Verständnis Kants.

Und nun zu jenem zweiten Mann, der in Maimons Richtung fortschreitet, nur nicht so weit wie Fichte. Dieser hatte aus Reinholds und der Kantianer Verirrung geschlossen, daß man über sie, auch über Maimon, hinausgehen müsse, jener schließt nur, daß bisher ein falsches Verständnis der kritischen Philosophie geherrscht habe, dem gegenüber das richtige Verständnis herzustellen sei. Er sieht es als eine Auf=gabe an, „den einzig möglichen Standpunkt, aus dem die kritische Philosophie beurteilt werden muß", darzustellen und dem falschen Stand=punkt gegenüber zur Geltung zu bringen. Dies ist die Aufgabe, die

[1] Ebendaselbst, p. 198.
[2] Vgl. Fichte, sämtliche Werke, Bd. 1, Berlin 1846, zweite Einleitung in die Wissenschaftslehre, p. 469 ff.
[3] Ebendaselbst, p. 469.
[4] Ebendaselbst, p. 479.

Jakob Sigismund Beck ergreift; sie bestimmt seine geschichtliche Stellung, so wie wir sie gekennzeichnet haben: die Elementarphilosophie und der Skeptizismus sind früher wie die Standpunktslehre, diese früher wie die Wissenschaftslehre.[1]

II. Darstellung der Lehre Becks.[2]

In der geschichtlichen Entwicklung der Philosophie erwächst der Standpunktslehre die Aufgabe, Mißverständnissen entgegenzutreten und die Wahrheit an ihre Stelle zu setzen; die Briefe Becks haben uns ge= zeigt, wie in ihm die Idee, den wahren Standpunkt für das Ver= ständnis Kants einleuchtend zu machen, entstand und bald ihre Er= gänzung fand in der Absicht, auch den unmöglichen Standpunkt zu kennzeichnen.[3] „Die Erkenntnis des Irrtums erhellt die Wahrheit." So gliedert sich die Standpunktslehre in zwei Teile: das Gesamtthema ist die Erklärung der Erkenntnis, der erste Teil schildert den dafür unmöglichen Standpunkt, der zweite den einzig möglichen. Diese Ein= teilung deckt sich in der Hauptsache mit der von Beck selbst in dem dritten Band seines Auszugs getroffenen, indem der erste Abschnitt daselbst von „den Schwierigkeiten, in den Geist der Kritik einzubringen" handelt, der zweite sich beschäftigt mit der „Darstellung des Trans= scendentalen unsrer Erkenntnis, als des wahren Standpunkts, aus welchem die Kritik der reinen Vernunft beurteilt werden muß". Ein dritter und vierter Abschnitt, die noch folgen, sind für die Standpunkts= lehre ganz belanglos. Der dritte Abschnitt beurteilt, der vierte kom= mentiert von dem gewonnenen Standpunkt aus die Lehren der Ver= nunftkritik, stets mit der Schlußfolgerung, also ist unser Standpunkt der einzig mögliche. Von den übrigen Schriften Becks kommt für die Standpunktslehre nur noch der „Grundriß der kritischen Philosophie" und teilweise die „Propädeutik zu jedem wissenschaftlichen Studio" in Betracht.

a) Der unmögliche Standpunkt zur Erklärung der Erkenntnis.

Die Kantianer, Reinhold an ihrer Spitze, haben nach Beck eine durchaus falsche Ansicht von der Lehre ihres Meisters, indem sie auf

---

[1] Vgl. über Becks Aufgabe und Stellung: Kuno Fischer, Gesch. d. n. Phil. V, p. 200—201.

[2] Vgl. ebendaselbst Becks Lehre, p. 202—214. Vgl. auch Erdmann, Die Entwicklung der deutschen Spekulation seit Kant, I, p. 537—551.

[3] Siehe diese Schrift, p. 11—13.

einem Standpunkt stehen, von dem aus die Erklärung der Erkenntnis schlechterdings unmöglich ist. Worin besteht dieser Standpunkt, d. h. welches sind die Mißverständnisse, deren sich die Kantianer schuldig machen? Wieso kommen sie zu diesem Standpunkt, d. h. was ist die Ursache des Mißverständnisses? Dies sind die beiden Fragen, die Beck naturgemäß zunächst beantwortet.

Das gewöhnliche, natürliche Denken hängt an der Vorstellung, daß die Dinge außer uns unabhängig von unserer Vorstellung sind; sie affizieren uns, der Intelligenz einen Abdruck einprägend, und bewirken auf diese Art die Erkenntnis. Diese Erklärung der Erkenntnis ist dogmatischer Realismus. Obwohl nun die Kantianer ihren Kritizismus dem Dogmatismus entgegensetzen, stehen sie in Wahrheit doch auf dem dogmatischen Standpunkt. Sie lehren nämlich, daß die Dinge an sich uns affizieren, daß wir aber nicht die Dinge an sich, sondern nur die Erscheinungen erkennen. Was ist dies anderes als die Behauptung der Leibnizianer, daß wir von der Sinnlichkeit getrübte Noumena, die als solche Phänomena sind, durch Affektion dieser Noumena erkennen? Die Kantianer stehen also nicht auf dem kritischen, sondern auf dem dogmatischen Standpunkt. Unter diesem ist aber die Aufgabe der Philosophie unlösbar, das Verständnis der kritischen unmöglich.

Wenn nämlich unsere Vorstellungen auch durch vollkommen unabhängige Gegenstände hervorgerufen sind, so muß dennoch zwischen jedem Gegenstand und der Vorstellung von ihm eine gewisse Beziehung vorhanden sein, denn die Vorstellung muß dem Gegenstand entsprechen. Wäre dies nicht der Fall, so wäre eine objektiv gültige Vorstellung unmöglich.

Ich muß ferner die Übereinstimmung zwischen Gegenstand und Vorstellung prüfen können; ich muß mir einen Begriff von der Beziehung, von dem Band zwischen Gegenstand und Vorstellung bilden können. Eben darauf beruht für den Dogmatiker die Möglichkeit der Erkenntnis. Nun kann ich meine Vorstellung stets nur mit einer Vorstellung vergleichen, niemals aber mit einem Ding, das nicht Vorstellung ist. Der dogmatische Philosoph aber muß seine Vorstellung mit einem Ding zusammenhalten, das toto genere von der Vorstellung verschieden ist. Eine Vergleichung von Gegenstand und Vorstellung ist somit für ihn unmöglich, ein Band zwischen beiden undenkbar. Vom dogmatischen Standpunkt aus ist also das Erkenntnisproblem unlösbar; in ihm ist „die Quelle aller Irrungen der spekulativen Vernunft"[1] aufgedeckt. Um diese Verirrung zu vermeiden, giebt es zwei Wege: entweder man hebt die Vorstellbarkeit der Dinge außer uns, oder ihre Unabhängigkeit von unserm Vorstellungsvermögen auf; ersteres that Beckeley, hob aber damit auch die Realität der Außenwelt auf, das zweite die kritische Philosophie und vollendete so, was Beckeley ver= sucht hatte; deswegen ist die Einsicht in den Idealismus Beckeleys die Voraussetzung für das Verständnis des Kritizismus.[2]

Unter dem dogmatischen Standpunkt sind aber auch die Lehren der Kritik schlechterdings unverständlich. Dies gilt von der Trennung in Erkenntnisse a priori und a posteriori, vom Unterschied des Dings an sich und der Erscheinung, der synthetischen und analytischen Ur= teile, dies gilt von der Lehre von Raum und Zeit, von der Unter= scheidung von Anschauung und Begriff, von der transscendentalen Logik und endlich von der Erfahrung, als dem Prinzip der Deduktion der Kategorien. Beck führt dies für jeden Punkt einzeln aus[3]; wir be= gnügen uns mit einem Beispiel.

Die Kritik unterscheidet zwischen analytischen und synthetischen Urteilen und legt hierauf den größten Wert. Ein analytisches Urteil sagt von einem Subjekt etwas aus, was bereits in ihm gelegen ist, d. h. es erläutert eine Vorstellung; ein synthetisches Urteil legt einem Subjekt ein neues Merkmal bei, d. h. es erweitert eine Vorstellung. Diese Unterscheidung ist vollständig berechtigt vom transscendentalen Standpunkt aus, denn da ist der Gegenstand, über den etwas ausgesagt wird, ein ursprünglich Vorgestelltes, und man kann einsehen, ob die Aussage nur eine Erläuterung oder eine Erweiterung der Vorstellung ausdrückt; sie ist durchaus leer und sinnlos unter der dogmatischen Voraussetzung, daß unsere Vorstellung durch einen Gegenstand außer der Vorstellung hervorgerufen ist. Denn dann müssen wir ein Band zwischen Gegenstand und Vorstellung annehmen und fähig sein, es zu denken. Das aber ist und bleibt eine Unmöglichkeit.

So leuchtet die Unhaltbarkeit des dogmatischen Standpunkts für die Erklärung der Vernunftkritik von allen Seiten ein. Wie stellt sich nun hierzu der Mann, der dieselbe zum System erhoben haben will? Ist auch Reinhold Dogmatiker? Dieser Frage widmet Beck eine aus=

---

[1] Einz. mögl. Standpunkt, p. 8.
[2] Ebendaselbst, p. 10.
[3] Ebendaselbst, Abschn. I, §§ 3—9, p. 15—58.

führliche Erörterung.[1] Es ist nicht zu leugnen, daß Reinholds Ver=
such, der Vernunftkritik ein Prinzip, einen Anfang, zu geben, ein
durchaus richtiges Bestreben war. Nur die Ausführung hat ihn von
dem wahren Ziel wieder weg und der dogmatischen Philosophie in
die Arme getrieben. Schon die Grundlage der Elementarphilosophie,
die Theorie des Vorstellungsvermögens, geriet ganz in den Dogmatismus.
Es soll eine Theorie des Vorstellungsvermögens, d. h. die Vorstellung
von einem Vermögen, das selbst nicht Vorstellung ist, gegeben werden.
Was verbindet diese Vorstellung mit ihrem Gegenstand? Ist das
Band zwischen beiden denkbar? Diese Frage hemmt die ganze Theorie
schon in ihrer Grundlage.[2] Ihre weitere Lehre, wonach das unbekannte
Ding an sich das stoffgebende Prinzip ist, wonach also ein unbekanntes
Etwas unser Gemüt affiziert, „dogmatisiert im echten Sinne". „Be=
dürfen wir wohl noch weiter Zeugnis", fährt Beck fort, „daß die Theorie
so wie die dogmatische Philosophie behaupte, daß dasjenige, was die
Vorstellung von einem Dinge mit diesem Dinge verbinde, die Affektion
sei, die das Objekt auf unser Subjekt ausübt, und kann sie sonach
wohl unserer Frage: Was verbindet denn die Vorstellung von einem
verursachenden Gegenstande mit diesem Gegenstande, ausweichen?"[3]
Nein, sie kann es nicht und nimmt darum ebenfalls den unmöglichen
Standpunkt zur Erklärung der Kritik ein. Nur in einem erhebt sie
sich über die gewöhnliche Ansicht der Kantianer, sie weiß den Stoff
des Gegenstandes von dem der Vorstellung zu unterscheiden; das war
ein Ansatz zur richtigen Darstellung des Erkenntnisphänomens, den
Beck vollkommen anerkennt.[4] Im übrigen aber ist sein Verdammungs=
urteil über die Elementarphilosophie so scharf wie möglich. Reinhold
hat Kant so wenig richtig verstanden wie die übrigen Kantianer.

Woher nun all diese Mißverständnisse? Sie müssen doch einen
Grund haben; ihn in der Unfähigkeit der Philosophen sehen zu wollen,
wäre eine durchaus mangelhafte Erklärung. Beck giebt im Verlauf
seiner Werke zwei Gründe für die falsche Auffassung der kantischen
Lehre an: die realistische Sprache und die Methode der Kritik. Die
Vernunftkritik redet nämlich an vielen Stellen von den Dingen an
sich, als ob sie Gegenstände wären; sie sagt von den Dingen an sich,

---

[1] Ebendaselbst, Abschn. I, §§ 10—11, p. 58—119.
[2] Ebendaselbst, p. 64.
[3] Ebendaselbst, p. 73.
[4] Ebendaselbst, p. 66.

daß sie uns affizieren, daß sie den Stoff unserer sinnlichen Vor=
stellungen liefern u. s. w. Dies ist unter der realistischen Sprache,
die die Kritik allerdings führt, zu verstehen; und Beck hat ganz
recht, in ihr einen Grund der vielfachen Mißverständnisse zu sehen.[1]
Wenn er aber dann weiter die Thatsache dieser Sprache so er=
klären will, daß er „den Philosophen um der lieben Verständlichkeit
willen bisweilen die Sprache des Dogmatismus und des gewöhn=
lichen Bewußtseins annehmen läßt", so sucht er Widersprüche, die
unleugbar bestehen, auf eine gar zu bequeme Art aus der Welt zu
schaffen.[2]

Und wie mit der Sprache, so geht es Kant auch mit der Methode.
„Es wird sich zeigen lassen", sagt Beck, „daß die Schuld, woher sie
(die Kritik) so wenig verstanden worden ist, auf diese Methode zu
werfen ist."[3] Kant stellt sich nämlich zu Beginn der Kritik der reinen
Vernunft ganz auf den Standpunkt, auf welchem er den Leser zu
finden glaubt, auf den dogmatischen. Von diesem führt er ihn nur
nach und nach zum eigentlichen transscendentalphilosophischen. „Ob
nun freilich diese dogmatische Denkart durch die Aussage, daß Raum
und Zeit selbst Anschauungen sind, etwas erschüttert wird, so ist diese
Erschütterung doch noch sehr leise, und es ist ganz natürlich, wenn
der dogmatische Leser jenen Ausdruck in den der Vorstellungen vom
Raume und von der Zeit umschafft, und wenn er gar glaubt, daß
die Kritik sich nur etwas sonderbar hierin ausgedrückt habe." Dasselbe
gilt auch von der Aufsuchung der Kategorien. „Endlich aber wirft
sie die Frage auf: Da die Kategorien nicht von der Erfahrung ab=
genommene und erlernte Begriffe sind; wie geht es zu, daß wir
dieselben gleichwohl auf Gegenstände der Erfahrung anwenden? In
der Beantwortung dieser Frage, die sie die Deduktion der Kategorien
nennt, verläßt sie auf einmal diese Ansicht, spricht von einer ursprüng=
lichen Verbindung, die der Verstand ausübt, und ist bestrebt, den
Leser in die entgegengesetzte kritische Denkart einzuführen, das ist: ihn
auf den transscendentalen Standpunkt der Kategorien zu versetzen, auf
welchem er die Kategorien als den ursprünglichen Verstandesgebrauch
selbst kennen lernt, und hieran den Ort hat, aus welchem er die

[1] Vgl. ebendaselbst, p. 23—31 und Grundriß der kritischen Philosophie,
p. 57—70, besonders p. 59.
[2] Kuno Fischer, Gesch. d. n. Phil. V, p. 66.
[3] Einz. mögl. Standpunkt, p. 170 u. 171.

Sphäre alles Verständlichen übersehen kann."[1] So trägt die Methode Kants nach Becks Ansicht einen guten Teil der Schuld, daß die Kritik sogar von den Verehrern so oft verkannt worden ist. Wir wollen, so fährt Beck darum fort, diese Methode umkehren[2] und uns bestreben, den Leser auf einmal auf die Spitze des Verstandesgebrauchs zu führen. „Hat er einmal diesen Punkt erreicht, so wird er die Kritik in hellem Lichte erblicken."[3]

b) Der einzig mögliche Standpunkt zur Erklärung der Erkenntnis.

Der unmögliche Standpunkt zur Erklärung der Erkenntnis ist in seiner ganzen Nichtigkeit dargestellt, die Gründe für seine weite Verbreitung klar gelegt; ihm soll nun der einzig mögliche, der Standpunkt der Transscendentalphilosophie, wie ihn Beck nennt, entgegengesetzt werden. Es kann nach allem, was vorausgegangen ist, nicht mehr fraglich sein, worin er besteht: Was bei Kant der Mittelpunkt der ganzen kritischen Erörterung ist, „die transscendentale Einheit der Apperzeption" oder, wie er sich auch ausdrückt, „die synthetische Einheit des Bewußtseins" soll zum Ausgangspunkt gemacht werden. Was hat nun Kant mit dieser Benennung zum Ausdruck gebracht? Offenbar nichts anderes als die ordnende, formgebende Thätigkeit des Verstands den Erscheinungen gegenüber, die im einzelnen in den Kategorien besteht. Soll diese Thätigkeit des Verstandes in ihrem ganzen Umfang klar gelegt werden, so muß man sie als ursprüngliches Vorstellen bezeichnen. Das ursprüngliche Vorstellen ist es also, welches die Erscheinung hervorbringt; die Erscheinung ist ein Produkt des Vorstellens.[4] Nun schwindet die ganze Schwierigkeit, die in der Frage nach dem Bande zwischen Gegenstand und Vorstellung liegt. So lange der Gegenstand als etwas von der Vorstellung gänzlich Verschiedenes gilt, ist keine Antwort zu finden. Nun aber ist der Gegenstand ja selbst Vorstellung, denn er ist ein Produkt des Vorstellens; nun läßt sich die Übereinstimmung zwischen Gegenstand und Vorstellung auf das Leichteste ermitteln, denn beide stehen im gleichen Verhältnis wie Urbild und Abbild, Original und Kopie. So löst sich vom Standpunkt der Transscendentalphilosophie, was vom dogmatischen uner-

---

[1] Ebendaselbst, p. 345 u. 346.
[2] Vgl. den ersten Teil dieser Schrift, p. 11.
[3] Einz. mögl. Standpunkt, p. 139.
[4] Ebendaselbst, p. 120—131.

klärbar geschienen. Durch diese Umkehrung der Methode ist auch
enblich der langgesuchte oberste Grundsatz gefunden; er liegt in dem
ursprünglichen Vorstellen. Wie dies aber keine Thatsache, sondern
eine Thätigkeit ist, so kann der oberste Grundsatz nicht eine bloße
Verbindung von Begriffen, nicht eine bloße Aussage sein, sondern er
ist die Aufforderung, jene Thätigkeit zu vollziehen. Der oberste Grundsatz ist ein Postulat. Reinhold und die Kantianer stellten die Thatsache als solche hin, Beck fordert auf, sie zu realisieren; jene hatten es
mit dem Begriff einer Thatsache zu thun, er mit dieser selbst.[1] „Stelle ursprünglich vor!" so muß am Anfang der Philosophie stehen, versetze dich in
das ursprüngliche Vorstellen, damit der Gegenstand vor deinen Augen
entsteht. Wie der Geometer fordert, daß man sich den Raum vor-
stellt, um seine Dimensionen zu erkennen, so verlangt der Philosoph,
die Thätigkeit des ursprünglichen Vorstellens zu vollziehen, um die
Aufgabe der Philosophie und die einzige Möglichkeit ihrer Lösung zu
begreifen.[2] All diese Einsichten gewährt der transscendentale Standpunkt als der einzig mögliche, die Probleme der Erkenntnis zu lösen.
Ihn gefunden zu haben, ist das unsterbliche Verdienst Kants, ihn
klar gelegt zu haben, beansprucht Beck als das seinige.

Worin besteht nun das ursprüngliche Vorstellen? Hier haben wir
die eigentlichste Frage einer Transscendentalphilosophie, und in ihr ist
auch der Unterschied dieser Wissenschaft von der allgemeinen reinen
Logik begründet. „Die allgemeine reine Logik hat das Denken zu
ihrem Gegenstande. Dasselbe ist ihre Thatsache. Wir haben Begriffe,
wodurch wir uns Objekte vorstellen. Da ist es nun doch etwas ganz
anderes, den Begriff von dieser Thatsache oder diese Thatsache selbst
zergliedern. Bloß das erstere thut jene Wissenschaft." „Aber nun
laßt uns die Idee von einer Wissenschaft fassen, welche diese Thatsache
als Thatsache selbst vorzustellen strebt. — — — Das ursprüngliche Vorstellen wird das Objekt dieser Wissenschaft sein. Dieselbe ist
die Transscendentalphilosophie."[3] Man kann nun das ursprüngliche
Vorstellen nicht etwa definieren, denn es ist kein Begriff; man kann
nur eine Anleitung geben, es hervorzubringen, um es dann zu zergliedern.[4] Die Zergliederung des ursprünglichen Vorstellens ist die

---

[1] Ebendaselbst, p. 136 u. 137.
[2] Ebendaselbst, p. 124, vgl. auch Grundriß, p. 6.
[3] Einz. mögl. Standpunkt, p. 137.
[4] Ebendaselbst, p. 124 u. 125.

Zergliederung des ursprünglichen Verstandesgebrauchs. Die Trans=
scendentalphilosophie macht so den eigenen Verstandesgebrauch ver=
ständlich, weswegen sie Beck „die Kunst sich selbst zu verstehen"
nennt.[1]
Um ihre Aufgabe zu lösen, wird die Transscendentalphilosophie
gut thun, auf die allgemeine reine Logik zu schauen. Der Denk=
prozeß liegt uns näher als der des ursprünglichen Vorstellens. Jener
ist sekundär, dieser primär, jener Reproduktion, dieser Produktion.
Da der Denkprozeß im Grunde eine Wiederholung des ursprünglichen
Vorstellens ist, muß ein Analogieschluß von dem einen Prozeß auf
den andern gestattet sein. Beim Denken unterscheiden wir nun das
Verbinden oder die Synthesis (logischer Verstand) und das Anerkennen
oder Subsummieren (logische Urteilskraft).[2] Diese beiden Momente sind
auch beim ursprünglichen Vorstellen zu unterscheiden: Hier haben wir
ursprüngliche Zusammensetzung (transscendentaler Verstand) und ur=
sprüngliche Anerkennung (transscendentale Urteilskraft). Die beiden
Thätigkeiten sind natürlich als Teilfunktionen des ursprünglichen
Vorstellens nur möglich in dem „identischen Selbstbewußtsein", wie
Beck, oder in der „objektiv=synthetischen Einheit des Bewußtseins", wie
Kant sagt. Und zwar besteht die ursprüngliche Synthesis in nichts
anderem als in „einem Übergehen des Bewußtseins von Einem zum
Andern", „in einer Verbindung des Mannigfaltigen."[3] Was dieses
„Eine und Andere", was dieses „Mannigfaltige" ist, darauf bleibt uns
Beck die Antwort schuldig. Er fühlt auch offenbar diese Lücke, denn
jedesmal, wenn er auf die ursprüngliche Synthesis zu sprechen kommt,
wird seine Darstellung unklar; er schlägt das Thema unzähligemal
an, denkt es aber nie zu Ende. Nur eins hebt er hervor: Vor der
ursprünglichen, nur im Bewußtsein möglichen Zusammensetzung ist
nichts zusammengesetzt; „denn dieses Mannigfaltige ist nichts vor der
Verbindung Gegebenes".[4] Doch kann es nicht zweifelhaft sein, was
unter dem Mannigfaltigen zu verstehen ist und warum Beck sich so
dagegen verwahrt, daß es vor der Synthesis gegeben ist. Das frag=
liche Mannigfaltige ist die Empfindung; sie kann nicht vor der ursprüng=
lichen Synthesis gegeben sein, weil sie sonst vor dem reinen Bewußt=

---

[1] Ebendaselbst, p. 139.
[2] Grundriß, p. 3.
[3] Einz. mögl. Standpunkt, p. 142.
[4] Ebendaselbst, dieselbe Seite.

sein wäre. Dies zugeben heißt aber von dem transscendentalen Stand=
punkt in den dogmatischen zurückfallen. Darüber war sich Beck ganz
klar; aber das andere, die Empfindung aus dem reinen Bewußt=
sein abzuleiten, das vermochte er nicht. Daher die Unklarheit, daher
die Lücke. Und Beck hätte sie so leicht ausfüllen können, wenn er es
verstanden hätte, von Fichte zu lernen. Wir betonen diesen Mangel
in der Standpunktslehre, da wir ihn in der Beurteilung berücksichtigen
müssen.

Die zweite Funktion des ursprünglichen Vorstellens ist die ursprüng=
liche Anerkennung. Sie ist die Thätigkeit, welche das Produkt der
Synthesis fixiert oder festmacht. Dadurch wird erst die Vorstellung
zu einem bestimmten, erkennbaren Objekt. „Objekt, objektive Einheit,
das ist es, was ich in der ursprünglichen Anerkennung erhalte."[1] Als
Objekt steht die ursprüngliche Vorstellung unter einem Begriff und
wird als solches anerkannt. Um die Leistung der ursprünglichen An=
erkennung kurz auszudrücken: „Ein solches Festmachen ist ein Objektiv=
machen".[2][3]

In der Zergliederung des ursprünglichen Vorstellens haben wir
die Synthesis und das Anerkennen aufgefunden. Fahren wir nun in
unserer Analyse fort, so werden wir in den verschiedenen Arten dieser
Funktionen die reinen Anschauungs= und die reinen Verstandesformen

---

[1] Ebendaselbst, p. 155.

[2] Kuno Fischer, Gesch. d. n. Phil. V, p. 213.

[3] Dilthey will in seinem Aufsatz über die Rostocker Kant=Handschriften
(Archiv f. Gesch. d. Phil., Band II, p. 640 u. bes. 647) Becks Lehre von der
ursprünglichen Anerkennung auf den Einfluß Fichtes zurückführen. Dieser Be=
griff zeige große Verwandtschaft mit dem des ursprünglichen Setzens bei Fichte;
ferner bespricht ihn Beck bei der Darlegung seines Plans erst im Brief vom
16. Sept. 1794 (nicht in der Vorrede vom 3. April, nicht im Brief vom 17. Juni),
also zum erstenmal nach dem Erscheinen des Begriffs der Wissenschaftslehre.
Mir scheint es kaum möglich, hier gerade an eine Beeinflussung Fichtes zu
glauben, und zwar aus folgenden Gründen: 1. Wenn Beck von Fichte irgendwie
beeinflußt worden wäre, so hätte sich dies am ersten da geltend machen müssen,
wo Beck aus eigner Kraft nicht das ganze Problem lösen konnte, bei der Lehre
von der Empfindung. 2. Die Begriffe des ursprünglichen Anerkennens und ur=
sprünglichen Setzens zeigen keine größere Verwandtschaft als die ganze übrige
Lehre Becks und Fichtes (z. B. die vom Postulat). 3. Schließt sich die Lehre
von der Anerkennung ebenso eng an Kant an, wie die ganze Standpunktslehre;
warum soll also gerade in diesem Punkt noch ein andrer Einfluß als der Kants
angenommen werden?

entbeden. Raum, Zeit und die Kategorien sind also im einzelnen das ursprüngliche Vorstellen; sie sind nichts anderes als „ursprüng= liche Vorstellungsarten".[1] Wird also das Postulat, ursprünglich vor= zustellen, realisiert, so werden dadurch ebensoviele Postulate, als es Kategorien giebt, realisiert. Faßt man sie aber als die obersten Be= griffe auf, so langt man bei den angeborenen Begriffen Leibnizens an und ist mitten im Dogmatismus, mitten in der Unverständlichkeit.[2] Die Beckſche Deduktion der Kategorien ist natürlich von der der reinen Anschauungen nicht getrennt; Äſthetik und Analytik müſſen ja zuſammen= fallen; denn Sinnlichkeit und Verstand sind nicht mehr getrennte Ver= mögen, sondern unter der Einheit des ursprünglichen Vorstellens zusammengefaßt.

Das ursprüngliche Vorstellen ist Synthesis, d. h. Zusammensetzung oder Übergehen. Dieses Übergehen kann vom Teil zum Ganzen oder vom Ganzen zum Teil stattfinden. Die Zusammensetzung, die von Teil zu Teil zum Ganzen fortgeht, ist die Kategorie der Größe oder der Raum. Diese Art der Synthesis ist die Größe selbst, ist der Raum selbst, nicht etwa der Begriff der Größe oder die Vorstellung des Raumes. Dann hätten wir wieder die Vorstellung Raum und das Objekt Raum und ständen wieder vor der unauflöslichen Frage nach der Verbindung beider. Also der Raum kann nichts anderes sein als das ursprüngliche Vorstellen selbst in dieser einen bestimmten Gestalt. Er ist deswegen ein Postulat, das realisiert werden muß. „Wir sind hier in der Lage des Geometers, der nicht erklärt, was der Raum ist, auch nicht voraussetzt, daß man den Begriff vom Raume anderswoher schon erhalten habe, sondern der das ursprüngliche Vor= stellen des Raumes postuliert"[3]; „die Kritik nennt ihn (den Raum) eine reine Anschauung; ich glaube aber dem Sinne unseres Postulats entsprechender mich auszudrücken, wenn ich diese Kategorie ein An= schauen nenne".[4] Die Synthese, welche den Raum erzeugt, bringt auch die Zeit hervor. Das Fortgehen von Teil zu Teil stellt nämlich eine Folge dar; die Synthese des Gleichartigen als Folge ist die Zeit. Sie ist ebenso wie der Raum ein ursprüngliches Vorstellen, ebenso ein

---

[1] Einz. mögl. Standpunkt, p. 140.
[2] Ebendaselbst, p. 176 u. 177.
[3] Einz. mögl. Standpunkt, p. 140 u. 141.
[4] Ebendaselbst, p. 141, vgl. auch Grundriß, p. 7 (§ 10) und Propädeutik, p. 37.

Anschauen, ebenso eine extensive Größe. „Die Zeit selbst ist daher eine ursprüngliche Synthesis des Gleichartigen, die vom Teil zum Ganzen geht (extensive Größe)."[1] Die Zeit ist ferner ebenso wie der Raum ein Postulat: sie entspricht dem Postulat des Arithmetikers, erzeuge Zahl, wie der Raum dem des Geometers, erzeuge Raum, ent= sprach.[2] Soll nun das ursprüngliche Vorstellen objektiv werden, so muß es, wie oben gezeigt, fixiert oder festgemacht werden. Die Fixierung der Zeit giebt eine bestimmte Zeit; eine Zusammensetzung des Raumes in bestimmter Zeit erzeugt eine Begrenzung des Raumes, d. h. eine Figur oder eine Gestalt. Dies ist die Leistung der ur= sprünglichen Anerkennung in Verbindung mit der Synthesis: sie erzeugt die extensive Größe.[3]

Nun giebt es aber noch eine zweite Art der Synthesis des Gleich= artigen, nämlich die vom Ganzen zum Teil gehende. Indem ich diese Thätigkeit ausführe, vermindere ich das Ganze einer Empfindung und erzeuge so die Kategorie der Sachheit oder der Realität. Beck sucht das Dunkele dieses Vorgangs durch ein Beispiel zu lichten: „Von einer Materie in meiner Hand werde ich sagen, daß sie desto mehr Sachheit in sich enthalte, je größer die Empfindung des Widerstands ist, die ich fühle, indem ich den Raum, den der Körper einnimmt, zu verengen suche".[4] Auch bei dieser Kategorie wird betont, daß sie kein Begriff, sondern eine ursprüngliche Vorstellungsart ist, daß vor ihr ein Reales der Dinge nicht vorhanden ist.[5] Da nun die Synthesis vom Ganzen zum Teil ebenfalls ein Fortschreiten, eine Folge, aus= drückt, wird auch in ihr die Zeit erzeugt. Fixieren wir die so ent= standene Zeit, so haben wir nicht einen bestimmten Raum (wie vor= her), sondern eine bestimmte Sachheit. Eine solche ist aber intensive Größe. Wie zuerst die Figur oder Gestalt, so ist hier der Grad durch die ursprüngliche Anerkennung hervorgebracht worden.[6]

Somit sind die Kategorien der Quantität und Qualität abgeleitet.

Wir erwarten nun, daß aus neuen Arten der ursprünglichen Syn= thesis und aus neuen Kombinationen mit der ursprünglichen Aner=

---

[1] Grundriß, p. 8 (§ 10).
[2] Propädeutik, p. 235 u. 236 (§ 148).
[3] Einz. mögl. Standpunkt, p. 142—144. Grundriß, p. 8.
[4] Grundriß, p. 9 (§ 11).
[5] Einz. mögl. Standpunkt, p. 145 u. 149.
[6] Ebendaselbst, p. 146.

kennung auch die Kategorien der Relation und Modalität beduziert werden. Aber hier werden wir von Beck oder besser er von seinem Deduktionsprinzip im Stich gelassen. Es ist nur noch der Schein einer Deduktion gewahrt. Daß etwas vorgeht, wird erst dadurch vorstellbar, daß ein Beharrliches gesetzt wird. Die ursprüngliche Vorstellungsart der Substanz muß vollzogen werden. Analog werden Kausalität und Wechselwirkung abgeleitet. Möglichkeit, Wirklichkeit, Notwendigkeit bestehen in der Zurückführung einer Vorstellung auf den ursprüng= lichen Verstandesgebrauch; in ihm liegen die Bedingungen, die das Urteil, ob etwas möglich, wirklich oder notwendig ist, bestimmen, nicht etwa in den Merkmalen des Objekts.[1] Also auch hier wird betont, daß die Kategorien nicht Begriffe, sondern ursprüngliche Vorstellungs= arten, zu realisierende Postulate sind, die die Forderung: „stelle ur= sprünglich vor", die an der Spitze aller Philosophie steht, im einzelnen ausdrücken.

Wir haben das ursprüngliche Vorstellen zergliedert und dabei sein Produkt entstehen sehen. Dies Produkt ist nichts anderes, als was die Philosophie Kants Erscheinung nennt. Es ist klar, daß wir nur Erscheinungen erkennen können, weil nur sie unsere Produkte sind. Die Dinge an sich erkennen wir nicht, weil Synthesen ohne den syn= thesierenden Verstand — denn das müßten die Dinge an sich sein — schlechterdings der Unsinn selbst sind. Über das Dasein oder Nicht= Dasein von irgend etwas kann ich nur urteilen, wenn dies Etwas ein Erzeugnis meines ursprünglichen Vorstellens, d. h. Erscheinung ist. Frage ich aber nach dem Dasein der Dinge an sich, so hat meine Frage kein Objekt, sie ist gegenstandslos; ich verstehe mich in ihr selbst nicht.[2] Man versteht sich und die ganze Wirklichkeit nur in der rich= tigen Zergliederung des Verstandesgebrauchs; diese Einsicht will Beck zu voller Klarheit erhoben haben, in ihr besteht der einzig mögliche Standpunkt.

Wenn wir, was Beck geleistet haben will, mit unsern Worten ausdrücken sollen, so sagen wir, er hat gezeigt, daß die Philosophie Kants nicht nur dem Namen, sondern dem Geiste nach Transcen= dentalphilosophie oder kritischer Idealismus ist. Seine Abweichung von Kant betrifft dabei lediglich die Darstellungsart: die Gedanken

[1] Vgl. ebendaselbst, p. 150 ff. und Grundriß, p. 9—11 (§§ 12 u. 13).
[2] Einz. mögl. Standpunkt, p. 156 ff., 248, 266.

Kants werden in neuer Anordnung und neuer Form vorgetragen mit
dem Bestreben, sie dadurch einleuchtender zu machen. Was Kant die
objektiv=synthetische Einheit des Bewußtseins nannte, ist bei Beck in
seine beiden Faktoren, ursprüngliche Synthesis und Anerkennung, ge=
trennt, die bei Kant auch wieder ihre Analoga haben in der Synthesis,
die in der transscendentalen Deduktion der Kategorien beschrieben wird,
und dem Schematismus der Kategorien. Was Beck ferner in seiner
Deduktion der Kategorien vorbringt, stimmt genau überein mit Kants
Lehre von den Grundsätzen des reinen Verstands. Wie die Axiome
der reinen Anschauung die extensive Größe, die Anticipationen der
Wahrnehmung die intensive entstehen lassen, ganz in derselben Art
führt die Standpunktslehre ihre Entwicklungen durch. Und ihre De=
duktion der Kategorien der Relation und Modalität ist vollends nichts
anderes als eine Wiederholung der Analogien der Erfahrung und der
Postulate des empirischen Denkens. Bei all dem bleibt dem Stand=
punktslehrer noch genug übrig, was ihm eigentümlich ist, um das
Wichtigste zu nennen: die Darstellung des obersten Grundsatzes als
Postulat. Die Grundgedanken aber sind kantisch. Und so finden wir
hier bestätigt, was Beck in seinen Briefen so oft wiederholte, was wir
als ein Resultat unsrer geschichtlichen Betrachtung gewonnen haben:
Die Standpunktslehre bringt nichts Neues; sie will einzig und allein
Kants Lehre verständlich machen. Ist ihr dies gelungen? Enthält
sie das richtige Verständnis Kants? Das ist die Frage, die der Ziel=
punkt unserer ganzen Betrachtung war. Wir stehen an ihrer Schwelle;
wir treten aber nicht etwa erst mit ihr in unser Thema ein: ihre
Beantwortung ist nur die Konklusio, die wir erst jetzt zu ziehen im
stande sind. Die Frucht ist gereift, wir müssen sie nur noch pflücken.

III. Beurteilung der Lehre Becks.

Da Beck der Kommentator Kants ist, fällt die Beurteilung seiner
Lehre zusammen mit unserer Frage: Hat Sigismund Beck Kant richtig
verstanden? Sie zu beantworten sind alle Bedingungen erfüllt: Wir
sind unbeirrt durch das Urteil der Autorität Kants, wir kennen Ent=
stehung, Standort und Inhalt der Standpunktslehre. Nur eine Vor=
aussetzung waren wir genötigt zu machen, nämlich, daß unsere Auf=
fassung von der Lehre Kants als transscendentaler Idealismus die
richtige ist, genötigt[1], denn sie hier zu begründen, würde zu weit

---

[1] Vgl. diese Schrift, p. 24/25.

führen; was sie aber aussagt, kann nicht zweifelhaft sein. „Die Er=
kennbarkeit der Welt besteht in ihrer Idealität, d. h. in dem durch=
gängigen Charakter ihrer Vorstellbarkeit und ihres Vorgestelltseins:
diesen Charakter lehrt und begründet die kritische Philosophie als
transscendentaler Idealismus“.[1] Unter dem Ding an sich aber, jenem
viel umstrittenen, selten richtig verstandenen Begriff, kann Kant, wenn
wir ihm den Ruhm, der größte deutsche Philosoph zu sein, nicht ab=
sprechen wollen, nichts anderes gemeint haben als das übersinnliche
Substratum unserer erkennenden Vernunft und darum auch der Sinnen=
welt oder der Erscheinungen. Damit soll der Widerstreit in der Ver=
nunftkritik nicht beseitigt, sondern nur die wahre Meinung der kantischen
Lehre gekennzeichnet sein.

Diese Einsicht, daß die kritische Philosophie transscendentaler
Idealismus ist, hatte ihr Urheber selbst erschwert durch seine zweite
Ausgabe der Vernunftkritik. In ihr liegt der Grund, warum die
Verehrer lange Zeit einer falschen Auffassung huldigten, warum die
Gegner eine Lehre angriffen, die dem Geist nach niemals kantisch sein
konnte. Wer sich aber zu dieser Einsicht durchringen konnte, wem das
Transscendentale unserer Erkenntnis einleuchtete, der hatte den Schlüssel
zum richtigen Verständnis Kants. Und was ist nun die Lehre Becks
anderes als eine unendliche Variation des einen Gedankens, die Er=
kennbarkeit der Welt besteht in ihrem Vorgestelltsein? Was will die
Standpunktslehre von ihrer ersten bis zu ihrer letzten Seite anderes,
als das Transscendentale aller Erkenntnis klar legen? Was lehrt der
unmögliche Standpunkt? Die Unerklärbarkeit der Erkenntnis unter
Voraussetzung gegebener, von der Vorstellung unabhängiger Gegenstände.
Was lehrt der einzig mögliche Standpunkt? Die Erklärbarkeit der Er=
kenntnis unter Voraussetzung der Idealität der Gegenstände. So ist
die Standpunktslehre durchgängig transscendentaler Idealismus und
enthält darum durchaus das richtige Verständnis der kritischen Philo=
sophie. Dies ist die Erkenntnis, die sich mit Notwendigkeit aus unserer
ganzen Betrachtung ergiebt. Ist nun aber auch dieses richtige Ver=
ständnis im einzelnen beibehalten und durchgeführt? Hier erinnern
wir uns, daß Beck weder seiner Absicht nach, noch thatsächlich etwas
Neues gelehrt hat. War also einmal der Schlüssel der kantischen
Lehre gefunden, so konnte in Einzelheiten nicht mehr fehlgegangen

---

[1] Kuno Fischer, Gesch. d. n. Phil. V, p. 24.

werden. Es galt nur die Lehre Kants in ihrer ganzen Ausdehnung unter den wahren Gesichtspunkt zu rücken, so daß alles in dem Licht des transscendentalen Idealismus erscheinen mußte. Und dies glaubte Beck nicht besser erreichen zu können, als durch ein Abweichen von der Methode Kants. Sicherlich war dies ein durchaus glücklicher Gedanke: der Schöpfer der Vernunftkritik mußte den streng systematischen, mußte den synthetischen Weg gehen, der Erklärer durfte den Mittelpunkt der Kritik, der das Ergebnis schwerer Denkarbeit ausdrückte, zum Ausgangspunkt machen, sich so der didaktisch brauchbareren, der analytischen Methode nähernd. Beck berührt sich ja auch hierin mit seinem Meister, dessen Prolegomena die Schwerfälligkeit der Kritik der reinen Vernunft vermeiden wollen. Aus dieser Änderung der Methode ergab sich dann auch die Idee, mit einem Postulat zu beginnen. Man würde Unrecht thun, hierin einen großen Schritt, der vom Wege Kants abführt, oder gar ein Hinausgehen über ihn zu sehen. Auch bei Kant muß die synthetisch=objektive Einheit des Bewußtseins erzeugt werden; die Verbindung des Mannigfaltigen muß, wie Kant sich ausdrückt, in ihr „zu stande gebracht werden". Machte man nun diese synthetisch=objektive Einheit zum Ausgangspunkt, so lag es sehr nahe, sie als Postulat zu fassen, und zwar um so mehr, als die Philosophen jener Tage mit ihrem Grundsatz an der Spitze der Philosophie zeigten, daß ihr entweder der Anfang fehle, wenn der Grundsatz bewiesen wurde, oder das Fundament, wenn er unbewiesen blieb.[1] So bedeutet auch das Postulat bei Beck höchstens in der Darstellungsart einen Unterschied von Kant, läßt aber die Lehre selbst unberührt. Damit soll aber nicht Becks Verdienst in diesem Punkt verkannt werden: es liegt vielmehr gerade in ihm ein Teil seiner Bedeutung überhaupt, nämlich das Verständnis Kants befördert zu haben.

Um aber unsere Frage, ob das richtige Verständnis auch im einzelnen beibehalten ist, noch gründlicher zu beantworten, müssen wir prüfen, ob der transscendentale oder kritische Idealismus in der Standpunktslehre ganz durchgeführt ist. „Man kann sich zu allen Objekten dogmatisch oder kritisch verhalten: dogmatisch, wenn man sie als gegeben voraussetzt und ihre vorhandenen Eigenschaften erkennt; kritisch, wenn man die Bedingungen untersucht, woraus sie und ihre Beschaffenheiten hervorgehen, d. h. ihre Entstehung erforscht und ihre Entwicklungs-

---

[1] Vgl. Kuno Fischer, System d. Log. u. Metaphysik, 2. Aufl., 1865, p. 115.

zuſtände verfolgt."[1] Daher: „So lange man nicht das ganze Ding
vor den Augen des Denkers entſtehen läßt, iſt der Dogmatismus
nicht bis in ſeinen letzten Schlupfwinkel verfolgt".[2] Wir ſtehen alſo
vor der Frage: „Hat die Standpunktslehre das ganze Ding vor unſeren
Augen entſtehen laſſen?" Wir müſſen dieſe Frage mit Nein beant=
worten, denn die Thatſache der Empfindung iſt unerklärt geblieben.[3]
„Beck möge uns gezeigt haben, wie wir aus der Empfindung das
Objekt entſtehen laſſen; aber wie die Empfindung ſelbſt entſteht, hat
er nicht gezeigt."[4] Dieſe Unvollſtändigkeit, die dem Dogmatismus
Vorſchub leiſtet, iſt der weſentliche Mangel des Beckſchen Idealismus.[5]
Es iſt ein unvollſtändiger Idealismus in Vergleichung mit dem ganz
durchgeführten, dem vollſtändigen, wie ihn Fichte geſchaffen hat. Fichte
ſelbſt hat dieſen Unterſchied des Beckſchen Idealismus von dem ſeinen
ſcharf erkannt und in der erſten und zweiten Einleitung in die Wiſſen=
ſchaftslehre beſprochen. Er ſagt u. a.: „Der kritiſche Idealismus kann
auf zweierlei Art zu Werke gehen. Entweder er leitet jenes Syſtem
der notwendigen Handelnsweiſen und mit ihm zugleich die dadurch
entſtehenden objektiven Vorſtellungen wirklich von den Grundgeſetzen
der Intelligenz ab und läßt ſo unter den Augen des Leſers oder Zu=
hörers den ganzen Umfang unſerer Vorſtellungen allmählich entſtehen;
oder er faßt dieſe Geſetze etwa ſo, wie ſie ſchon unmittelbar auf die
Objekte angewendet werden, alſo auf ihrer tieferen Stufe (man nennt
ſie auf dieſer Stufe Kategorien) irgend woher auf, und behauptet nun:
durch dieſe würden die Objekte beſtimmt und geordnet."[6] Die erſte
Art Idealismus iſt vollſtändig, die zweite unvollſtändig. Sie läßt
unerklärt, was Maimon für unerklärbar gehalten: Die Thatſache der
Empfindung. Und woher kommt nun dieſe Unvollſtändigkeit? Wie
hat ſich dieſer Mangel in die Standpunktslehre eingeſchlichen? Hat
ſie ihn etwa, da ſie ſich doch ſo eng an die Lehre Kants anſchließt,
hat ſie ihn etwa aus ihr übernommen? Bei Kant iſt das Ding an
ſich das ſtoffgebende Prinzip, die Empfindung wird durch die Affektion,
die es auf uns ausübt, gegeben. Hier haben wir alſo eine Erklärung

---

[1] Kuno Fiſcher, Geſch. b. n. Phil. III, p. 6.

[2] Fichte, ſämtl. Werke I. Erſte Einleitung in die Wiſſenſchaftslehre, p. 443.

[3] Vgl. dieſe Schrift, p. 40.

[4] Kuno Fiſcher, Geſch. b. n. Phil. V, p. 216.

[5] Ebendaſelbſt, p. 418.

[6] Erſte Einleitung, p. 442; vgl. auch zweite Einleitung, p. 488, 489 u. 490.

der Empfindung; aber was für eine gefährliche! Versteht man unter
den Dingen an sich die Dinge außer uns, wie es die Kantianer thaten,
so ist man mitten im Dogmatismus, man läßt Kant die größten
Inkonsequenzen begehen und man muß, wie Fichte sich ausdrückt, „die
Kritik der reinen Vernunft eher für das Werk des sonderbarsten Zu=
falls halten als für das eines Kopfes".[1] Diese Auffassung des Dings
an sich und die daraus entspringende Erklärung der Empfindung ist
es eben, die Beck auf das Energischste bekämpft; diese Auffassung ist
es, die den Skeptizismus eines Anesidemus entstehen ließ. Ihm zu
entgehen und die Geltung der Vernunftkritik aufrecht zu erhalten, sah
Maimon keinen andern Ausweg, als das Ding an sich gleich nichts
zu setzen. Man schüttete das Kind mit dem Bade aus: Weil das
Ding an sich zu Verkehrtheiten führte, mußte es aufgehoben werden.
Das ist der Weg, von dem Beck herkam, das ist, wie wir gesehen,
der Ideengang, aus dem die Standpunktslehre sich erhob.[2] Nun liegt
die Sache klar: das Prinzip, aus dem Kant die Empfindung erklärte,
glaubte Beck aufgeben zu müssen, mit dem Prinzip, das ihm noch zu
ihrer Erklärung blieb, mit der Intelligenz wußte er nichts anzufangen;
sie war ihm unfruchtbar, sie konnte ihm die Empfindung nicht gebären.
Folglich mußte sie unabgeleitet, unerklärt bleiben: so schlich sich dieser
Mangel in die Standpunktslehre ein und machte ihren Idealismus zu
einem unvollständigen. Beck hat also zwar das mangelhafte Verständ=
nis der Kantianer gewöhnlichen Schlags erkannt und vermieden, aber
nicht das richtige an seine Stelle gesetzt. Hier läßt ihn seine Einsicht
in Kants Philosophie im Stich; hier vermag er nur den Irrtum auf=
zudecken, nicht aber sich durch ihn zur Wahrheit durchzuringen; hier
ist der Punkt, wo er seinen Meister, wenn auch nicht falsch, so doch
nicht ganz verstanden hat. Und wenn irgendwo, so ist hier eine Lücke
im Verständnis Kants zu begreifen. Die zweite Auflage der Kritik
der reinen Vernunft hatte in der That die eigentliche Meinung Kants
über das Ding an sich auf das Schlimmste entstellt. Um das Richtige
zu treffen, hätte Beck seine ganze Lehre vom ursprünglichen Vorstellen
voluntaristisch begründen müssen.[3]

Kant lehrte eine übersinnliche, intellegible Realität und Kausalität
des Dings an sich. Das Ding an sich ist bei Kant Wille und als

[1] Zweite Einleitung i. d. W., p. 486.
[2] Vgl. diese Schrift, p. 29 ff.
[3] Vgl. Kuno Fischer, Gesch. d. n. Phil. VI, 2. Aufl., p. 311.

solcher Ursache sowohl unserer Vernunftbeschaffenheit überhaupt, wie der Empfindungen.[1] Wie das möglich ist, erklärte Kant für ein un= auflösliches Problem; Schopenhauer will als erster die Lösung ge= funden haben. Aber schon Fichte sah die Bedeutung dieser Lehre ein, und ihre Ausführung macht seinen Fortschritt über Kant im wesent= lichen aus. Beck war hierin blind; er verstand seines Meisters Lehre vom Ding an sich nicht ganz, ihre Tragweite ahnte er nicht im ent= ferntesten. Was aber das Merkwürdigste ist, er sah auch nicht, daß Fichte ihn hierin überholt hatte, und daß die Wissenschaftslehre ein vollkommeneres Verständnis der Vernunftskritik offenbare als die Standpunktslehre. So sehen wir die Unvollkommenheit des Beckschen Idealismus begründet in einem Mangel im Verständnis Kants; sie besteht darin, daß die Empfindung unerklärt bleibt, was seinerseits wieder seinen Grund hat in der gänzlichen Aufhebung des Dings an sich oder, wenn wir noch tiefer gehen, in der Auffassung des ursprüng= lichen Vorstellens als etwas Primäres statt als etwas Sekundäres.

So modifiziert sich denn die Antwort auf unsere Hauptfrage dahin: Sigismund Beck hat Kants Lehre als das, was sie ist, erkannt und dargestellt, nämlich als transscendentalen Idealismus; die Er= klärung der Empfindung aus diesem Gesichtspunkt heraus ist das Einzige, was er nicht vermocht hat; wir erblicken aber hierin keine Falschheit, sondern eine Lücke oder Unvollständigkeit der Standpunkts= lehre. Das ist die bündige Antwort auf die bündig gestellte Frage. Wir haben unser Ziel erreicht und kommen nur noch mit einem Wort auf die Bedeutung Becks zu sprechen, um so unserer Betrachtung einen Abschluß zu geben.

Schluß.
Die Bedeutung Becks.

Kants Lehre ist zu großartig und vielseitig, als daß jemals ihr gegenüber eine allgemein anerkannte Auffassung zum unbestrittenen Siege gelangen könnte. Eins aber ist über allen Zweifel erhaben: Man muß Kant den Ruhm des Kopernikus der Philosophie ab=

[1] Vgl. ebendaselbst V, p. 17—23 und p. 74.

sprechen oder seine Lehre als transscendentalen Idealismus anerkennen. Die letzten anderthalb Jahrzehnte des vorigen Jahrhunderts zeitigten Schriften, die das erstere bestritten, aber noch mehr, die zur zweiten Einsicht sich nicht durchgerungen hatten, ja ihr diametral entgegen= gesetzt waren. Nur drei Männer sahen heller und erheben sich so aus dem großen Haufen der Kantianer gewöhnlichen Schlags. Drei Männer erkannten das Prinzip der neuen Lehre als das, was es ist. Der erste benutzte die höhere Einsicht zur Bekämpfung, der zweite zur Erklärung, der dritte zur Fortbildung der kantischen Philosophie. Friedr. Heinr. Jakobi, Sigismund Beck, Johann Gottlieb Fichte bilden dieses Dreigestirn. Die Stelle, die Beck in ihm einnimmt, ist äußerst ungünstig: Was er lehrte, hatte Jakobi schon vor ihm, Fichte gleichzeitig, aber in höherer Vollendung dargestellt. So konnte sein Stern zu keiner Lichtwirkung gelangen; ein anderer leuchtete schon lange vor ihm, ein dritter stärker als er. Beck blieb unbekannt, blieb unberühmt[1], die Geschichte hatte in ihrem Gang keine Zeit für den Standpunktslehrer. Ihm aber aus diesem Grunde seine Bedeutung absprechen wollen, das wäre ungerecht. Beck hatte sich selbst= ständig zu seinem Standpunkt aufgeschwungen; er kannte zwar Jakobis Auffassung der kritischen Philosophie[2], aber wie viele kannten sie, ohne einzusehen, daß hier eine große Wahrheit gesagt sei, und nun gar, wo Jakobi die Lehre, die er so gefaßt hatte, bekämpfte. Aber es weist überhaupt nichts darauf hin, daß Beck in seiner Entwicklung von Jakobi gefördert wurde; hätte er Jakobis Schriften irgend eine Förderung verdankt, er hätte es mit Freuden bekannt, es sicher zum mindesten in den Briefen an Kant erwähnt. Und von Fichte hat Beck gewiß nichts gelernt, er verstand ihn kaum.[3] So hat sich Beck selbstständig das richtige Verständnis Kants erarbeitet, und das ist der wesentliche Punkt, das der anerkennenswerte. Beck gebührt aus diesem Grunde „einer der ehrenvollsten Plätze in der kantischen Schule".[4] Andererseits muß man sich aber auch vor einer Über= schätzung hüten und wohl im Auge behalten, daß die Standpunkts= lehre weiter nichts ist und nichts sein will als eine Erläuterung der kantischen. Gerade dieser Punkt scheint mir des öftern, — wenn auch

---

[1] Vgl. diese Schrift, p. 2 und 23.
[2] Vgl. Reicke, aus Kants Briefwechsel, p. 61.
[3] Vgl. diese Schrift, p. 23 f. und 40.
[4] Erdmann, Deutsche Spekulation, I, p. 538.

nicht zu einer Überschätzung verleitet zu haben, — so doch mit Unrecht bezweifelt worden zu sein. Abides spricht wiederholt von Abweichungen von Kant in „wesentlichen Punkten"[1], Dilthey ebenfalls von Gedanken, „die mit der Grundlage Kants unverträglich waren"[2], und scheint darunter vor allem die Deduktion der Kategorien zu verstehen. Wir glauben dem gegenüber, durch unsere ganze Betrachtung dargelegt zu haben, daß Beck gerade in wesentlichen Punkten ganz mit der Meinung der Kritik übereinstimmt, daß seine Änderungen lediglich die Darstellungsart betreffen. Wir bleiben also dabei, Beck ist lediglich der Kommentator Kants[3], und in dieser Eigenschaft liegt seine Bedeutung, die wir anerkennen; denn wenn ihn auch der Gang der Geschichte zu keiner eigentlichen Berühmtheit hat kommen lassen, so muß er doch als einer der wenigen, die damals das richtige Verständnis Kants besaßen, unvergessen bleiben. Daß diese Bedeutung dem Standpunkts= lehrer zukommt, hat schon Fichte erkannt. Die Unvollständigkeit des Beckschen Idealismus soll ihn, wie er sagt, „nicht abhalten, dem Manne, der aus der Verworrenheit des Zeitalters selbstständig sich zur Einsicht erhoben, daß die kantische Philosophie keinen Dogmatis= mus, sondern einen transscendentalen Idealismus lehre, und daß nach ihr das Objekt weder ganz noch halb gegeben, sondern gemacht werde, die gebührende Hochachtung öffentlich zu bezeugen, und es von der Zeit zu erwarten, daß er sich noch höher erhebe. Ich halte die an= geführte Schrift (nämlich: Einzig möglicher Standpunkt 2c.) für das zweckmäßigste Geschenk, das dem Zeitalter gemacht werden konnte, und empfehle sie denen, welche aus meinen Schriften die Wissenschaftslehre studieren wollen, als die beste Vorbereitung."[4]

So hätte auch Kant urteilen und in ähnlicher Weise die Stand= punktslehre als Vorbereitung oder Einführung in seine Philosophie empfehlen sollen; dann wäre sie nicht nur auf Anraten Kants ge= schrieben, sondern auch gelesen worden. Das Verdammungsurteil Kants über Beck war ungerecht. Doch „es kommt weniger darauf an, was Kant nachträglich sagt, als was er in seiner Kritik der

---

[1] Abides, German Kantian Bibliographie in der Philosophical Review, III, 3, p. 324 u. 328.

[2] Dilthey, Die Rostocker Kant=Handschrift im Archiv f. Gesch. d. Phil. II, p. 644.

[3] Vgl. Kuno Fischer, Gesch. d. n. Phil. V, p. 215.

[4] Fichte, Erste Einleitung i. d. Wissenschaftslehre, Werke I, p. 444.

reinen Vernunft einmal für immer gesagt hat"[1]; und das hat Beck richtig verstanden, richtig dargelegt.

Hundert Jahre sind seitdem verflossen; und · wenn die Standpunktslehre auch nicht eine Gedächtnisfeier der wissenschaftlichen Welt beanspruchen kann, so verdient sie doch diese unsere bescheidene Erinnerung.

---

[1] Kuno Fischer, Gesch. d. n. Phil. V, p. 199 u. 200.